KB114110

작곡가
최현일

작곡가 최현일 1

Dr.Dre 장편소설

초판 1쇄 찍은 날 § 2017년 3월 8일
초판 1쇄 펴낸 날 § 2017년 3월 15일

지은이 § Dr.Dre
펴낸이 § 서경석

편집책임 § 김슬기

펴낸곳 § 도서출판 청어람
등록번호 § 제387-1999-000006호
등록일자 § 1999. 5. 31
어람번호 § 제1-2649호

주소 § 경기도 부천시 부일로 483번길 40 서경B/D 3F (우) 14640
전화 § 032-656-4452 팩스 § 032-656-4453
http://www.chungeoram.com
E-mail § chungeorambook@daum.net

ⓒ Dr.Dre, 2016

ISBN 979-11-04-91232-0 04810
ISBN 979-11-04-91056-2 (세트)

작곡가 최현일

FUSION FANTASTIC STORY

Dr.Dre 장편소설

7

도서출판 청어람

작곡가
최현일

CONTENTS

Chapter 1
등잔 밑이 어둡다

류이치가 인터뷰에서 아버지와의 갈등에 대해 이야기한 적이 있었나, 곰곰이 떠올려 보았지만 기억나는 바가 없었다.

'그건 별로 말하고 싶지 않았나?'

어쩌면 단순히 기억나지 않을 뿐인지도 모르고.

"류이치."

"네?"

"네가 락 밴드를 하는 것에 대해 아버지는 뭐라고 하셔?"

"당연히 극구반대 하시죠."

"그럼 정공법으로 가는 수밖에 없겠구만."

"정공법이요?"

현일은 습관적으로 건반을 누르며 말했나.

"음… 그냥 최대한 좋은 음악을 만들어서 인정을 받는 거지."

류이치는 내심 현일이 무언가 기발한 해답을 내놓지 않을까 기대했기에, 금세 시무룩해졌다.

그러나 그의 뇌리를 번뜩이게 만드는 현일의 연주에 사사로운 감정 따윈 날려버릴 수밖에 없었다.

"그거 무슨 곡이에요?!"

"응?"

"방금 연주하신 거 다시 들려주세요!"

현일은 다시 건반을 눌렀다.

"이거 말이야?"

"네! …아! 이거!"

갑자기 류이치가 감탄사를 터뜨렸다.

현일은 연주를 하면서도 고개를 갸웃거렸다.

'얘가 왜 이러지?'

현일의 손은 이 노래를 저절로 기억하고 있었다.

제법 히트 쳤던 곡이었으니까.

아니, '레오폴드'의 최고 히트곡이었다.

"응? 이거 알아?"

속으론 '그럴 리가 없을 텐데?'라고 생각하면서도, 반사적으로 튀어나온 물음이었다.

원래의 미래대로라면, '레오폴드'가 만들어지는 건 지금으로부터 1년 후.

데뷔는 다시 창설 후 1년이었다.

'그런데 이 곡을 안다는 건… 설마 데뷔 2년 전에 만들었다고?'

그뿐만이 아니었다.

지금 현일이 연주하고 있는 곡은 '레오폴드'의 데뷔 후 2년 뒤인 3집 앨범에 수록되는 곡이었다.

총합 4년.

물론 미리 만들어둔 곡이라는 게 말이 안 되는 건 아니지만, 상식적으로 이해하기가 힘들지 않은가.

그 좋은 곡을 왜 꽁꽁 숨겨놨어야 했는지를 말이다.

그것도 4년 동안!

그렇게 현일이 상념에 젖어 있을 때, 류이치는 찢어진 악보를 주섬주섬 챙겨들고 와서 내밀었다.

"이거예요."

"뭐……?"

현일은 거의 낚아채듯이 류이치의 손에서 가져온 악보를 보면대에 놓아두고는 그 즉시 악보의 음표대로 신시사이저의 건반을 눌러보았다.

"진짜잖아?"

"그럼 제가 쓸데없이 거짓말을 하겠어요?"

"음……."

현일은 침음을 흘리며 고개를 연신 끄덕였다.

"이제 알겠군."

"뭘요?"

어째서 류이치가 일찍이 작곡해 두었던 음악을 4년 후에나 공개하게 되었는지를 말이다.

물론, 지금의 류이치는 전생과 달리 현일이 관여한 바가 크기에, 이 곡을 쓴 날짜가 다를 수도 있다.

그래서 물어보았다.

"이 곡. 언제 쓴 거야?"

"어… 한… 삼 개월 됐을 걸요?"

"그래?"

"네."

현일은 씨익 웃었다.

삼 개월 전이라면 현일이 류이치의 인생에 개입하기 전이다.

'분명 전생의 류이치도 이 곡을 이 시기에 썼었다. 그때는 한창 기타 연습에 매진하고 있을 때고, 당연히 작곡도 일렉 기타로 했겠지.'

그리고 본인도 깨달았던 것이다.

이 곡이 시원찮다는 것을.

왜냐.

'기타로 쳤으니까!'

즉, '레오폴드'가 3집 앨범을 준비하던 시절.

류이치는 우연찮게도, 잊고 있었던 4년 전 자신의 습작을 발견했고, 그걸 신시사이저로 쳐본 것이다.

그리고 안 것이다.

대충 책장에 꽂아놓고 먼지만 쌓여가던 케케묵은 악보가 사실은 대단한 명곡이었다는 것을.

그렇게 생각하니 앞뒤가 들어맞는다.

'등잔 밑이 어둡다더니. 딱 그 짝이군.'

현일이 물었다.

"류이치. 혹시 이 전에 쓴 곡 있어?"

"아뇨, 이게 첫 작이에요."

"그럼 이걸 완성해라."

"네? 하지만… 이건……."

현일이 찢어버린 악보였다.

"나라고 항상 옳은 말만 하는 건 아냐. 미안하다. 쓰레기란 건 취소할게. 아니, 이건 최고의 악보야. 넌 내가 생각했던 것보다 훨씬 재능이 있어."

류이치의 얼굴이 환해졌다.

"정말로요? 감사합니다! 열심히 쓸 테니 부디 많이 가르쳐 주십쇼!"

"아니, 이건 네가 혼자 완성해야 돼."

현일은 고개를 저으며 말을 이었다.

"나는 엄연히 네 음악을 작곡해 주러 온 거지만, 이것만은 꼭 네가 했으면 좋겠다."

악보 마지막에 그려진 음표 뒤의 멜로디도 기억난다.

당장 쳐보라면 칠 수도 있다.

하지만 이건 류이치의 곡.

오롯이 그의 손으로 완성되어야만 하는 곡이었다.

류이치가 감격한 듯 말했다.

"그럼… 편곡만이라도 같이해 주실 수 있죠? 꼭 작곡가님이 도와주셨으면 좋겠습니다."

"당연하지."

"고맙습니다!"

마치 가문의 영광이라도 된다는 듯이 크게 기뻐하는 류이치.

그의 눈이 반짝였다.

'고맙기는… 내가 더 고맙다, 자식아.'

좋아했던 노래를 같이 만들 수 있는 기회를 줘서.

*　　　　*　　　　*

"으으으… 이번에도 어떨지는 모르겠습니다만, 일단 봐 주세요……."

류이치가 자신 없게 악보를 내밀었다.

그럴 만도 했다.

여태까지 여덟 개의 악보가 반려되었으니 말이다.

현일의 심드렁한 표정을 보는 것도 지쳤다.

제발 무표정만 유지해 주었으면 좋겠다는 생각이 절실했다.

그 간절함이 하늘에 닿았는지, 이번엔 가타부타 말하지 않고 바로 신시사이저 앞에 앉았다.

이내 끝까지 연주해 본 현일이 미소 지었다.

"좋은데?"

"하, 하하하하!"

레오폴드의 최고 히트곡, 'Goodbye For A Moment'에 점점 가까워지고 있었다.

지금부턴 현일이 본격적으로 도와줘야 할 때였다.

"난 베이스랑 드럼을 조금씩 깔아볼 테니, 넌 좀 더 악보를 다듬어 봐."

"네!"

그 뒤로는 며칠 동안 류이치는 작곡을, 현일은 편곡을 해가면서 서로 맞추어보는 순탄한 작업이 계속되었다.

'거의 다 됐다.'

그리고 완성이 끝났을 쯤, 현일은 계획을 서둘렀다.

"이제 가자."

"가다니요? 어디를요?"

"네 아버지한테 일의 진행을 보여드려야지."

＊　　　＊　　　＊

도쿄 뮤직 본사.

"…정말 괜찮을까요? 락의 'R'자만 꺼내도 불같이 화를 내시는데……."

"문제없어."

"작곡가님한테 불똥이 튈 지도 모른다고요. 뭘 도와주고 있는 건지 아버지가 아시면."

현일의 눈썹이 찡긋거렸다.

"그러니까 모르시게 해야지."

그 말에 류이치는 현일의 옆을 흘깃 보았다.

"하지만 쇼스케가 듣고 있는데요."

통역가의 이름이었다.

"이분은 그냥 고용된 입장이시지, 구로사와 진무한테 우리가 무슨 얘길 했는지 일일이 보고할 의무는 없으셔. 아마 그럴 거야, 그렇죠?"

"네? 네, 뭐……."

그가 헛기침을 했다.

"근데 정말 그래도 괜찮은 거예요……?"

"나야 당연히. 네 아버지와 의뢰를 받긴 했지만, 그건 어디까지나 너에게 곡을 만들어주란 거였지, 널 아이돌로 만들어달라는 의뢰가 아냐. 즉, 너에게 락이든 재즈든 발라드든 오페라든 뭘 줘도 상관없다는 거지."

"……."

"그리고 무엇보다… 아냐. 일단 따라오기나 해."

그렇게 둘은 곧 쿠로사와 전무의 집무실에 들어설 수 있었다.

현일이 류이치를 탑 아이돌 댄스 가수로 만들어 줄 거라 철썩같이 믿고 있을 쿠로사와 전무는 둘을 반갑게 맞아주었다.

"아이고, 작곡가님! 어서 오십시오!"

그 모습에서 현일은 내심 찔리긴 했지만, 양심의 가책 따윈 느끼지 않았다.

류이치가 걸어가고 싶은 길이 썩 나쁘지 않다는 것을 알고 있는 현일로서는, 그의 꿈을 존중해 주고 싶었으니까.

"반갑습니다."

간단하게 인사를 나누고 현일은 쿠로사와 전무에게 USB를 전달했다.

쿠로사와 전무는 잠시 누군가에게 전화를 하더니, 이윽고 켄야 이치로가 집무실로 올라왔다.

"이 친구가 음악은 꽤 잘 듣습니다. 딱 들어보면 성공할 곡인지 아닌지 알아보는 능력은 탁월하거든요.”

하긴, 기획부장 정도 되면 그 정도 판단은 할 줄 알아야 할 것이다.

'오랜만에 심사를 받는다니. 기분이 묘하네.'

현일이 작곡한 노래라고 하면, 한국의 기획사들은 그저 '감사합니다.' 하면서 받을 것이었다.

'뭐, 내가 만든 노래는 아니지만.'

아무래도 자신의 아들이 쓰게 될 곡이니 신중을 기하는 모양이었다.

“그럼 들어보도록 할까요?”

현일은 고개를 끄덕였다.

“그럽시다.”

“왜 그러느냐? 류이치.”

쿠로사와 전무가 아들의 불안한 표정을 놓치지 않고 물었다.

“아무것도 아니에요.”

본인이 처음으로 작곡한 노래.

그것을 대중들에게 어필할 수 있을지 심사를 받는 순간이었다.

현일은 좋다고 말해줬지만, 사실 그것보다는 이 곡이 락이라는 게 더 불안했다.

그걸 알면 절대 허락해 주지 않을 테니까.

곧, 노래가 재생되었다.

드럼, 베이스, 신시사이저 세 가지로만 이루어진 화음.

곡이 진행될수록, 쿠로사와 전무는 흡족한 듯 입꼬리가 올라갔다.

본인이 들어도 만족스러워서?

그것도 있지만, 그는 켄야 부장의 버릇을 알고 있기 때문이었다.

켄야 부장은 음악이 마음에 안 들면, 앞에 놓인 찻잔을 연신 홀짝인다.

음악이 마음에 들면, 가만히 감상한다.

지금 그는 미동도 없었다.

숨 쉬는 소리조차 내지 않았다.

노래가 끝나자, 입을 열었다.

"너무 좋은데요? 역시 기대 이상입니다, 작곡가님."

그제야 쿠로사와 전무는 만족스러워하며 자리에서 일어나 손을 내밀었다.

"우리 앞으로도 잘해봅시다. 하하하!"

       *   *   *

"그렇게 살 떨렸어?"

"휴… 말도 마세요. 얼마나 조마조마했는지."

"그런데도 피아노 안 치겠다고 잘도 고집 부렸구나."

"그거야 사생결단을 냈죠……. 이번엔 운이 좋아서 잘 넘어갔지만……."

"운이 좋은 게 아니라, 당연한 거야."

"예?"

"어차피 악기 세 개로 장르를 특정 짓긴 매우 힘들어. 게다가 락의 상징과도 같은 일렉 기타도 없으니 더욱 락이라고 생각하긴 힘들겠지."

드럼, 베이스야 어느 장르에나 기본으로 들어가곤 하는 악기다.

일렉 기타는 아직 안 넣었지만, 그것 또한 어떤 이펙터를 쓰느냐에 따라 용도가 천차만별이다.

심지어 아직 보컬조차 없지 않은가.

음악의 장르라는 게 감성적인 가사와 감미로운 보컬이 들어가면 발라드, 강렬한 금속성의 일렉 기타와 잔뜩 힘 준 보컬이 들어가면 헤비메탈인 것이다.

"그러면 나중에 멤버들 모아서 밴드를 만든 후에 아버지한테 가서 '우리 밴드 만들었습니다! 짠!' 이라고 하면 아버지가 뭐라고 할까요?"

"그거야 네가 알아서 할 일이지."

"……."

"죽어도 락을 하겠다고 한 건 너잖아. 난 네가 만들어달라고 하는 곡을 만들어줄 뿐이야. 뭣하면 지금이라도 댄스곡 만들어 줄 수 있는데, 어때? 아이돌 댄스 그룹도 생각보다 할 만할 거야."

"…아니요. 괜찮아요. '맥시드'보단 'MMF'의 후배가 되고 싶어요."

"그렇게 MMF가 좋아?"

"네! 만나게 해주시면 안 돼요?"

"MMF는 되게 바쁜데."

"부탁이에요."

현일은 짐짓 고민하는 척했다.

"정 그렇다면, 음… 밥 정도는 같이 먹어도 되겠지."

"감사합니다!"

"대신, 나도 부탁 하나 들어줬으면 좋겠는데."

"뭔데요?"

"그건 생각나면 말해주지. 그보다 멤버는 어떻게 구할 생각이야?"

"이미 구해놨어요."

*　　　　　*　　　　　*

류이치의 연습실.

현일은 연습실에서 류이치의 동료들을 기다렸다.

얼마 후, 도착한 사람들 중 하나가 류이치에게 물었다.

"기타 연습을 한답시고 꽁꽁 박혀 있더니 우린 갑자기 왜 부른 거야?"

"소개해 줄 사람이 있어서."

그는 현일을 보며 한 명씩 소개를 시작했다.

"이쪽이 토시로, 베이시스트고요. 이 녀석이 테루, 드럼 담당이에요. 그리고 얘가 바로 이름도 여자 같은데 생긴 것도 기생오라비같이 생긴 우리의 보컬리스트 미나미입니다."

"그건 꽤 강점이네. 그런데 네가 할 말은 아닌 것 같은데."

"아무튼, 너희들도 인사드려. 우리들의 작곡가님이시다."

"우리한테 작곡가가 필요한 거야?"

테루가 시큰둥한 표정으로 말했다.

"자고로 밴드라면 음악은 스스로 만들 수 있어야 한다고."

"테루, 나도 동감하지만 'MMF'의 작곡가에게 곡을 받을 수 있는 기회를 놓치고 싶지 않아. 혹시라도 불만이라면 그냥 정중히 내 밴드에서 나가기를 요청할게. 나중에 가서 불만이 나오면 나도 상당히 곤란하다고."

류이치의 엄포에 테루는 입을 꾹 다물었다.

"오? 정말이야? 이분이 그 MMF의 음악을 만든 사람이라고?"

"응."

토시로의 눈이 동그래지며 현일에게 악수를 청해왔다.

"반갑습니다. 노래 정말 잘 들었습니다. 좋은 음악 들려주셔서 고맙습니다."

"별말씀을요."

현일은 뭐라도 보여줘야 하나 싶었는데 그럴 필요도 없을 것 같았다.

그래도 말은 해야지.

"테루 씨의 말씀처럼 저를 쫓아내고 인디 밴드부터 시작해 차근차근 올라가는 것도 제법 값진 경험이 될 거라 생각합니다. 그래도 도쿄 뮤직의 후원하에서 시작할 수 있는 기회를 제 발로 차버릴 만큼 바보 같은 선택을 할 사람은 여기에 없겠죠?"

현일은 그들의 얼굴을 한번씩 보고는 말을 이었다.

"그리고, 여러분들의 곡은 한국에서 GCM 뮤직에만 공급될 겁니다. 아시다시피 저는 GCM 엔터의 작곡가고요. 그러니까 저는 최선을 다해서 음악을 만들어드릴 겁니다. 그래야 제 회사에도 이익이니까요."

작곡가로서의 책임이 어떻다고 구구절절 늘어놓는 것보단 현실적인 이유를 대는 것이 나았다.

아니나 다를까, 레오폴드의 멤버들은 모두 납득한 눈치였다.

미나미가 입을 열었다.

"그럼 만들어 두신 곡은 있습니까?"

"네, 그전에 전 기타리스트는 어떻게 할 건지가 궁금하네요."

현일은 대답하면서 류이치를 쳐다보았다.

"예? 그야 기타는 류이치가······."

"아니, 난 신시사이저를 칠거야."

물론, 보컬리스트인 미나미가 기타를 칠 수도 있었다.

그러나 현일의 기억에 레오폴드의 멤버는 다섯 명.

그렇다면 나머지 한 명은 어디에 있는 걸까.

미나미가 기타를 치는 건 기각이었다.

듣자하니 류이치를 제외하면 나머지 세 명 모두 기타를 칠 줄 모른다고 한다.

류이치가 뒤통수를 긁적이며 말했다.

"…그냥 기타는 백그라운드나 세션으로 깔면 안 될까요?"

"기각."

"어째서요?"

류이치의 규명 요구에 대한 대답은 테루가 대신해 주었다.

"밴드에 세션이 말이 되냐!"

"안 될 건 또 뭐야?"

"야… 보컬이 불의의 사고로 콘서트에 못 가게 되었다고 치자. 그럼 보컬을 세션을 쓸까? 아니면 아예 콘서트가 쫑 날까?"

"당연히 쫑 내야지."

"마찬가지야. 기타리스트나 베이시스트나 드러머에게도 모두 각자의 역할이 있는 거라고."

미나미도 한 술 거들었다.

"정확한 비유는 아니지만, 어쨌든 틀린 말도 아니야. 차라리 신시사이저를 백그라운드로 쓰지, 기타는 락 밴드의 기본이라고."

"미안하다, 내가 경솔했다."

불과 며칠 전까지만 해도 기타를 만졌던 자신의 모습을 잊은 모양이었다.

'대체 전생엔 밴드를 어떻게 만든 거지?'

현일은 한숨을 쉬었다.

'나도 도무지 레오폴드의 기타리스트는 기억이 안 나는데……'

눈앞에 있는 세 명처럼, 얼굴을 보거나 이름을 들으면 알 것 같았다.

그런데 정작 기억이 안 난다.

그때, 토시로가 물었다.

"신시사이저가 꼭 필요합니까?"

"네."

"응."

현일과 류이치가 동시에 대답했다.

한 명은 단순히 신시사이저를 좋아하기 때문이 크고, 한 명은 기껏 찾은 자신의 재능을 놓치고 싶지 않아서였다.

류이치가 말했다.

"기타리스트는 제가 찾아볼게요. 작곡가님은 프로듀싱에만 전념해 주셔도 돼요."

"알았다."

현일은 고개를 끄덕였다.

지금으로썬 달리 방법이 없었다.

일본 전역을 쥐 잡듯 뒤질 수도 없는 노릇이니.

＊　　　＊　　　＊

그 뒤로 며칠 동안 현일은 작곡에 몰두하고, 류이치는 신시사이저 연습과 기타리스트 영입에 매진했다.

현일은 노트북 속의 영상을 보고는 혀를 차며 손을 휘휘 저었다.

"쯧, 안 되겠다. 탈락."

"꽤 괜찮은 녀석인데……."

"일단 기타리스트는 찾는 건 중단하자."

"으음……."

"당장 큰 문제도 아니고, 정 뭣하면 네가 임시로 기타를 잡고 신시사이저는 백그라운드로 깔아. 어차피 데뷔 후에 인기 좀 얼고 기타리스트 영입하겠다고 한마디만 하면 전국의 실력자들이 우르르 몰려올 테니까."

"알았어요. 어쩔 수 없지."

지금까지 열 명의 입후보자를 내친 현일.

'그런데 어째서 내 밴드의 멤버 영입을 이 사람한테 허락받아야 하는 거지?'

문득 이상한 점을 깨달은 그였지만, 이제 와서 뭐라하기도 좀 그랬다.

사실 자신이 봐도 죄다 그놈이 그놈이긴 했다.

'반드시 전생의 멤버와 똑같이 맞춰야 할 필요가 있을까?'

그러나 곧 현일은 고개를 저었다.

테루의 말처럼, 밴드엔 모두 각자의 역할이 있다.

'그 멤버가 있었으니까 레오폴드가 성공한 걸지도 몰라.'

꼭 그렇지 않더라도, 어떻게 될지도 모르는데 군이 멤버를 바꾸는 리스크를 안고 갈 이유도 없었다.

물론 그 기타리스트를 찾고 나서의 이야기지만 말이다.

류이치는 슬쩍슬쩍 생각에 잠겨 있는 현일의 눈치를 봤다.

"저… 근데요, 작곡가님."

"응?"

"작곡가님은 한국에 언제 가요?"

현일은 피식 웃었다.

참 속보이는 질문이었다.

"왜? MMF 보고 싶어서?"

류이치의 몸이 크게 움찔거렸다.

"그냥! 궁금해서요… 그것도 있지만……"

"좋아. 인심 썼다. 네가 아버지한테 한국에 가겠다는 허락만 맡아와. 약속 잡아줄게."

"진짜죠?!"

"그래."

현일의 긍정에, 류이치는 그 자리에서 바로 쿠로사와 전무에게 전화를 걸었다.

―무슨 일이냐?

"아, 아버지! 그게요. 무슨 일이냐면요……"

몇 번 대화를 주고받는 그의 입꼬리가 점점 올라가기 시작했다.

"네, 네. 네에~ 알겠습니다."

이내 전화를 끊고 그가 말했다.

"허락받았습니다!"

"뭐 이런……"

설마 이렇게 쉽게 풀릴 줄이야.

'…나쁠 건 없겠지.'

*　　　　*　　　　*

한국 어딘가의 레스토랑.

"오랜만입니다, 작곡가님."

차에서 내린 남선호는 살가운 인사를 건네왔다.

현일은 그의 자동차를 흘깃 보고는 농담을 던졌다.

"차가 멋있네요."

"하하하하! 아직 국내에 몇 대 안 풀린 모델이에요. 혹시 마음에 드시면 지금은 재고가 다 나갔지만, 제가 아는 사람이 있거든요. 다음 수입 때는 최우선적으로 예약할 수 있을 겁니다."

"한번 생각해 볼게요. 아무튼 들어갑시다. MMF를 만나려고 일본에서 날아온 열혈 팬께서 애타게 기다리고 있으니."

"네."

남선호가 걸음을 옮기며 말했다.

"그나저나 참 신기하네요. 지금도 뮤직 홀릭에서 손가락만 빨던 시절이 새록새록 떠오르는데. …그래봤자 두 번 다시 그때로 돌아가고 싶지는 않지만요. 작곡가님을 만나지 못했더라면 얼마나 답 없는 인생을 살고 있었을까 싶기도 하고… 최근엔 락을 하셨던 선배님들이나 후배들한테 고맙단 말도 많이 들어요."

"하하하."

"사실 최근에 뮤직 홀릭에 가본 적이 있는데, 참 씁쓸한 기분이 들더라고요."

"그래요? 장사가 잘 안 되나."

남선호가 고개를 저었다.

"그게 아니라, 거기 나오는 인디 밴드들 말이에요. 예전보다 인디 밴드의 숫자가 훨씬 는 걸 보면, 우리의 영향이 끼친 것 같긴 한데, 또 우리만큼 뜨는 밴드는 전혀 늘질 않은 것 같거든요."

"흐음……."

둘은 왠지 모를 찝찝함을 뒤로 하고, 레스토랑으로 들어섰다.

남선호의 얼굴을 본 류이치가 헛바람을 들이켰다.

"헉! 안녕하세요! 쿠로사와 류이치라고 합니다!"

"하하하하. 그렇게 긴장하지 않으셔도 돼요."

남선호를 필두로, 다른 멤버들이 하나둘씩 도착했다.

MMF는 방송 활동도 딱히 하지 않고, 스케줄도 콘서트 위주인 밴드인 만큼 단체로 움직이는 일이 대다수였기 때문에 멤버모두가 쉬는 날을 맞추는 건 그리 어렵지 않았다.

레스토랑 안에는 통역가 대신 이지영이 앉아 있었다.

선현주가 물었다.

"키보디스트라고 들었어요. 키보드를 좋아하셨나 봐요?"

"아뇨. 저 작곡가님이 시켰어요. 전 원래 기타를 쳤거든요."

"아… 저랑 똑같네요."

그렇게 MMF와 류이치는 음식을 먹으면서 즐겁게 담소를 나누기 시작했다.

현일은 잠시 담배를 피우러 나온 길에 도쿄 뮤직에서 온 메일을 받았다.

—작곡가님. 쿠로사와 류이치의 그룹 멤버가 정해졌습니다.

"흠… 곤란한걸."

아직 레오폴드가 미처 만들어지기도 전에 아이돌 그룹의 기초가 세워졌다.

게다가 기타리스트의 행방조차 묘연한 상황.

—만나볼 의향이 있으시면 따로 연락주세요. 신입 멤버들의 프로필은 메

일에 첨부해 두었습니다.

　도쿄 뮤직에 있을 때, 류이치의 아이돌 그룹에 이미 들어가기로 정해져 있던 멤버의 프로필은 본 적이 있지만, 별로 흥미가 생기질 않아서 자세히 보진 않았다.

　'역시 별거 없군.'

　신입 멤버들도 특별할 건 없었다.

　'그러고 보니 이 사람들은 전생에서 어떻게 됐을까?'

　그룹명도 별로 기억나는 이름은 아니었다.

　아마도 뜨지는 못했던 모양이다.

　현일은 이메일의 스크롤을 내렸다.

　—P.S. 쿠로사와 전무님께서 뵙고 싶어 하십니다. 일본에 도착하시면 바로 연락 바랍니다.

　'서둘러야겠구나.'

　류이치의 즐거운 시간은 그리 오래가지 못할 모양이었다.

＊　　　　＊　　　　＊

　일본.

　"쳇, 망할 아버지 같으니라구."

　"네 아버지가 망하면 너도 같은 운명이야. MMF의 전집 사인본이라도 받아왔으니 그걸로 만족하는 게 어때?"

"알았어요. 제가 뜨면 언젠가 같은 무대에서 만날 수 있을지도 모르죠."

그렇게 말하는 류이치의 눈은 자신감으로 차 있었다.

"아무튼 그래서 아버지가 왜 부르신대요?"

"네 아이돌 댄스 그룹의 멤버를 다 구했다는데."

"미치고 팔짝 뛸 지경이네요."

"음, 쿠로사와 전무님도 같은 심정이실 거다. 이렇게 말을 안 듣는 아들을 뒀으니."

"그런 아들을 도와주는 작곡가님은요?"

현일은 류이치의 빈정거림을 한 귀로 흘려보내고 발걸음을 옮겼다.

도쿄 뮤직에 도착하고 켄야 이치로를 만났다.

그가 안내해준 곳으로 향하니, 이윽고 류이치가 함께할… 아니, 류이치만 쏙 빠질 아이돌 그룹의 멤버들이 모여 있었다.

현일이 들어오자마자 그들은 한명씩 인사를 건네왔다.

"잘 부탁드립니다."

"저야말로."

'낯이 익은데……'

그중 유난히 눈에 들어오는 사람이 있었다.

비단 여기 중에서도 잘생겼을 뿐만이 아니라, 왠지 어디서 본 것 같다는 기분이 들었다.

그들과 이런저런 이야기를 하면서도 계속해서 어디서 봤는지 떠올렸다.

그러나 별다른 수확은 없었다.

그들이 가고 난 후에 켄야 이치로가 서류를 내밀었다.

"저번에도 드렸던 멤버들의 프로필입니다. 각자의 특기 같은 것들이 기록되어 있으니 참고가 될 거라고 생각합니다."

"알겠습니다."

현일은 프로필을 꼼꼼히 읽어보았다.

'이름이… 유우키 신지라고 했지?'

지금 생각해 보니 이름도 귀에 익었다.

'대체 어디서 봤던 거야?'

현일은 곧 답을 알 수 있었다.

'맞아! 이 사람이 레오폴드의 기타리스트였어!'

왜 처음에 봤을 땐 알아보지 못했을까.

특기사항에 기타를 살 친다거나 그런 말이 없었기 때문이었을까.

등잔 밑이 어둡다는 말을 재차 실감하며 물었다.

"류이치. 너 이 사람 알아?"

"유우키 신지? 아니요. 그 댄스 그룹 멤버로 선발된 사람이잖아요? 별로 연관되고 싶은 녀석은 아니네요."

"한번 만나보자."

"예에? 갑자기 왜요?"

"왠지 기타를 정말 잘 칠 것 같은 사람인 것 같아서."

"……?"

*   *   *

현일은 당장에 유우키 신지를 찾아 나섰다.

켄야 이치로에게 신지의 서류를 들이밀었다.

"유우키 신지. 이 사람 어디 갔습니까?"

"예……? 집에 갔겠죠. 아, 연습실에 있을지도 모르겠네요. 그런데 왜 그러십니까?"

"잠깐 물어볼 게 생겨서요. 연습실은 어디 있나요?"

"연습실은……."

켄야 이치로는 도쿄 뮤직이 이번에 새롭게 연습실을 만들었느니, 시설이 아주 훌륭하다드니 등등 아무래도 좋은 얘기를 늘어놓았다.

어쨌든 위치를 알게 된 현일은 류이치와 함께 그의 연습실에 들려서 기타를 챙기고 곧장 연습실로 달려가 문을 두드렸다.

"유우키 신지 씨?"

"예? 누구세요?"

"접니다. 아까 봤던 작곡가."

그가 문을 열고 물었다.

"무슨 일이시죠?"

"안에 누구 있습니까?"

"아뇨. 들어오세요."

현일은 안으로 들어서자마자 대뜸 물었다.

"혹시 기타 칠 줄 아세요?"

"예? 기타요? 아니요."

현일은 류이치의 어깨에 걸려 있던 기타를 신지에게 들이밀며 능청스레 말했다.

"에이, 잘 못 쳐도 괜찮으니까 쳐보세요."

"저 기타 만져본 적도 없는 데요……."

"……?"

그럴 리가.

신지가 짐짓 생각하더니 물었다.

"아, 혹시 회사의 요청인가요?"

"네, 배우시는 게 좋을 것 같습니다. 응당 가수라면 악기 하나쯤은 다룰 수 있어야 한다는 게 쿠로사와 전무님의 방침인지라."

"엥? 갑자기 그게 무슨… 악!"

현일은 쓸데없는 소리를 하는 류이치의 발을 사뿐히 지르밟고 말을 이었다.

"제가 조금씩 가르쳐 드릴 테니 한번 잡아보세요."

"네, 뭐……."

현일은 가져온 장비들을 세팅하고, 기타를 잡는 방법부터 차근차근 알려주었다.

"아~ 이렇게 하는 거군요."

그리고 깨달았다.

레오폴드가 일본 제일의 락 밴드가 될 수 있었던 이유를.

아니, 그렇게 될 수밖에 없었던 이유를 말이다.

'한 밴드에 천재가 두 명이나 있으니 실패할 리가 있나.'

Chapter 2
레오폴드

기타에도 여러 가지 재능이 있겠지만, 신지는 눈에 보일 정도로 배우는 것이 빨랐다.

이래서야 어디 재능이 적은 사람들은 서러워서 살겠는가.

인생이란 게 그런 거지만.

어느 정도 기타를 만져본 후에 나온 그의 말이 매우 인상적이었다.

"생각보다 쉽네요. 기타 치는 것도 꽤 재밌고요."

"적성에 맞으셔서 참 다행입니다. '우리 그룹'에 마침 기타를 칠 줄 아는 사람이 꼭 필요했거든요."

"그런가요? 댄스랑 보컬 트레이닝도 만만치가 않아서 기타까지 배워야 하면 어쩌나 걱정했는데, 이 정도면 제가 하나쯤 더 맡아도 괜찮을 것 같네요."

"그럼 같이 따라와 주세요. 할 이야기가 있으니."

"예? 하지만⋯⋯."

"회사엔 제가 말해두겠습니다. 괜찮으니 일단 와보세요. 기타에 대해서 좀 더 가르쳐 드리려고 하는 거니까."

"네."

그렇게 현일은 신지를 데리고 류이치의 연습실로 향했다.

류이치는 가는 길에 현일에게 물었다.

"정말 괜찮은 거 맞아요?"

"회사에서도 내가 데려왔다 하면 그런가보다 할 거야."

"아니, 그거 말고요. 아까 기타 만져본 적도 없다고 하던데⋯⋯."

"그러니까 가르쳐 주는 거지."

"그러니까! 왜 굳이 그런 짓을 하느냐고요, 힘들게!"

"넌 신지의 재능을 알아보지 못한 모양이구나."

그러자 류이치의 눈이 살짝 커졌다.

"그만큼 재능이 있는 거예요? 완전히 처음부터 가르치는 게 평범한 기타리스트 구하는 것보다 나을 정도로?"

"음."

현일은 망설임 없이 고개를 끄덕였지만, 속마음은 달랐다.

'미안하지만 솔직히 나도 잘은 모르겠다.'

그저 류이치의 판단에 맡긴 것이었다.

정확히는 전생의 류이치를.

방금 류이치가 했던 질문처럼, 웬만한 기타리스트를 영입할 바에는 차라리 신지를 밑바닥부터 키우는 것이 훨씬 더 낫겠다고 판단했기 때문에, 류이치는 그를 영입했을 것이다.

'넌 직접 옆에서 꾸준히 지켜봤을 테니, 네가 더 잘 알겠지.'

*　　　　*　　　　*

일주일 후, 류이치의 연습실.

그날 이후로 유우키 신지는 남는 시간에 이곳에서 기타 연습을 하는 것이 필수 일과가 되었다.

배우면 배우는 대로 나날이 실력이 늘어가는 재미가 있었기에 신지는 일절 불만을 표하지 않았다.

"뭐야… 말도 안 돼!"

류이치는 직접 짧은 기간이나마 기타를 다뤄본 만큼, 가히 경이롭다고 표현해도 과언이 아닐 정도로 빠르게 기타를 배워가는 신지를 보며 혀를 내둘렀다.

"뭐가?"

그러나 천재는 범재를 이해하지 못한다 했던가.

신지는 이게 뭐 그리 대단한 일이냐는 듯 되물을 뿐이었다.

"이 정도는 다들 하는 거 아닌가?"

"크으윽……!"

류이치는 자신이 하루가 멀다 하고 연습했던 것을, 그냥 하루만에 익혀 버리는 신지의 모습에 이를 질끈 깨물었다.

현일이 그런 류이치의 어깨에 손을 올렸다.

"자괴감 느낄 거 없어. 네가 '그 노래'를 만든 걸 다른 작곡가 지망생들이 알면 당장 때려치우고 싶을 테니까."

류이치가 처음으로 만든 그 노래를 말함이었다.

"하… 그렇게 말해봤자 전혀 위로 안 된다고요. 아직 성과가 나온 것도 아니잖아요. 쪽박 찰 수도 있는 거고."

"왜 이렇게 주눅 들어 있어? 처음 볼 때랑 완전히 딴 판인데?"

"……."

그래도 현일은 그런 류이치가 실망스럽지는 않았다.

오히려 자신의 약한 모습을 구태여 숨기지 않을 정도로 신뢰하고 있다는 뜻이기도 하니까.

현일은 그의 등을 두드리며 말했다.

"걱정하지 말고… 내 부탁이나 잊지 마. 네가 일본의 내로라하는 무대에 올라가서 해줘야 하는 게 있으니까. 내가 그것 때문이라도 반드시 레오폴드를 성공시키고 만다."

"대체 그게 뭔데요?"

"아직 생각하고 있어. 근데 별거 아니야."

진짜 별거 아니다.

식은 죽 먹기보다 쉬운 일일 것이다.

아마도.

류이치가 자신의 팔을 문질렀다.

"왠지 등골이 으스스한데……."

*　　　　　　*　　　　　　*

현일이 레오폴드의 정규 1집 앨범에 수록될 곡을 열심히 작곡하는 동안, 어느새 신지도 류이치가 작곡한 음악의 기타 파트를 연습해 나갔다.

그 곡의 편곡도 거의 다 끝나가는 단계였다.

류이치는 배워도, 배워도 끝이 없는 커즈와일 포르테를 익혀 나가면서도 틈틈이 곡을 구상했다.

그는 절과 후렴구에 들어갈 멜로디를 쓸 때마다 현일에게 자문했다.

현일은 악보를 받아 신시사이저로 쳐보고는 말했다.

"좋네. 다음 앨범에 타이틀로 써도 되겠네."

"네, 감사… 네?"

"2집 타이틀 곡으로 넣으라고."

못 알아들어서 되물은 것이 아니었다.

1집에 수록하고 싶어서?

그건 더더욱 아니었다.

"하지만 작곡가님의 노래를 타이틀로 써야 되는 거 아닌가요? 저도 그렇게 알고 있었는데?"

"난 1집에 다 수록할 거야."

"그럴 리가요? 작곡가님의 노래는 누가 들어도 하나하나가 타이틀 곡으로 손색이 없다고요."

"류이치. 음반에 실릴 노래는 하나하나 모두 혼신의 힘을 다해서 만들어야 되는 거야."

"무슨 뜻이에요?"

"솔직히 난 우리나라 가수들의 앨범이 참 아쉬워. 타이틀 곡은 정말 끝내주게 잘 뽑는데, 다른 수록곡들은 딱 들으면 대충 만든 티가 나거든. 아, 벌써 점심시간이네. 앞에 라멘집이 되게 맛있던데 하던 일 멈추고 배 좀 채우고 오자."

현일은 자리에서 일어나며 말을 이었다.

"거듭 말하지만 수록곡은 진짜 대충 만든 티가 나. 아이돌의 경우 안무도 마찬가지고. 소위 '프로'라고 불리는 사람들이 만들었다는 게 그래."

류이치와 신지는 엘리베이터를 놔두고 계단으로 내려가는 현일의 말을 잠자코 경청했다.

"또 겉으로는 신인 작곡가에게 경력을 쌓을 기회를 주기 위해서라는 그럴듯한 말로 포장하고 작사가, 작곡가의 로열티를 등쳐먹고 음반 제작 단가를 후려치면서 생색을 내는 양아치 같은 기획사도 많아. 물론, 이미 이 바닥은 레드 오션이 돼버려서 신인 작곡가에겐 그마저도 감지덕지지만."

"…그렇군요. 잘은 모르지만 왠지 일본도 그리 사정이 다르지 않을 것 같다는 생각이 듭니다."

문득 통역가가 대답했다.

"글쎄요. 뭐, 사람 사는 곳이 어딜 가나 비슷하긴 하지만 혹시 모르죠. 일본은 워낙에 음악 시장이 크다 보니 그만큼 기회도 많으니까요."

"또 그만큼 무명 작곡가도 많고요."

"그것도 그렇겠네요. 아무튼, 마이클 잭슨은 생전에 평균 3.6년에 음반을 하나씩 냈거든? 그래서 마이클 잭슨은 '음반이 나오는 주기가 너무 길다!'고 불평하는 팬들에게 뭐라고 했는지 알아?"

"뭐라고 했는데요?"

"자기는 음반에 수록될 노래 하나하나를 전부 가능한 한 최고의 곡들로 넣기 위해 애쓴다는 거야. 실제로 마이클 잭슨의 음반 판매량과 명성이 그걸 입증하고 있고."

류이치는 그 순간 자신이 'MMF'를 좋아할 수밖에 없는 이유를 알 것 같았다.

현일이 담배에 불을 붙이고 말했다.

"쿠로사와 전무님이 나한테 그러시더라. 요즘 실물 음반이 잘 안 팔린다고. 그것도 여러 가지 이유가 있겠지만, 무엇보다 소비자들이 음반을 사고 싶게 만들어야 돼. 그게 기본이야."

"세상에서 제일 어려운 게 기본이죠."

"그렇죠. 류이치, 너 아직 네 노래 제목 못 정했다고 했지?"

"네. 제목 정하는 것도 일이네요."

"그럼 그냥 'Leopold'로 지어버려. 1집 음반 이름도 레오폴드로 하고. '우리가 우리다!' 어? 가사도 그런 식으로 쓰면 되겠네."

"하하하……."

류이치는 멋쩍게 웃었지만, 그는 진지하게 고민해 볼 만하다고 생각했다.

"설교는 이쯤하고 맛있는 라멘이나 먹자."

"네."

류이치와 신지는 현일의 말을 가슴 깊이 새겼다.

*   *   *

내심 괜히 꼰대 같은 말을 한 건 아닌까란 생가이 들었던 현일.
그러나 의외로 효과가 있었는지, 언제부턴가 류이치와 신지의 표정에서 비장함이 묻어나오고 있었다.

물론 현일의 말 때문만이 아니라 다른 이유도 있었고 말이다.

"좋아. 이제 데뷔해도 되겠는데."

'Leopold'의 가사도 다 썼고, 편곡도 끝났고, 멤버들의 연습도 끝났다.

리허설을 들어본 현일이 내린 평이었다.

레오폴드의 멤버들은 약속이라도 한 듯이 쾌재를 불렀다.

그러나 아직은 넘어야 할 산이 있었다.

"좋아하긴 일러. 도쿄 뮤직에 가서도 나랑 같은 말을 들어야지."

"아……."

그렇다.

이제는 진짜로 쿠로사와 전무에게 가서 밴드를 하겠다고 말해야 했다.

류이치는 걱정이 앞섰다.

'쫓겨나지나 않으면 다행일 것 같은데…….'

그러나 곧 그는 고개를 저었다.

'애초에 내가 만든 노래야. 인정받지 못하면 그게 내 그릇이란 거겠지.'

차라리 아이돌 댄스 그룹만은 하기 싫다고 떼를 써서 쫓겨나면 쫓겨났지.

마냥 농담이 아니라, 류이치는 정말 바닥에 누워서 떼를 써서라도 밴드를 할 심산이었다.

'다른 회사를 찾아가서라도.'

일본에 기획사가 도쿄 뮤직 하나만 있는 것도 아니지 않은가.

그렇게 되면 아버지와 얼굴 볼 생각은 못하겠지만.

류이치는 착잡한 마음을 숨기며 현일에게 말했다.

"작곡가님."

"응?"

"맛있는 거 사 주세요."

현일이 웃는 얼굴로 류이치에게 다가가 어깨에 손을 얹었다.

"류이치."

"네, 작곡가님."

그리고 한숨을 쉬며 무언가 말하는 것을, 쇼스케가 통역해 주었다.

"'후… 너 진짜 금수저가 그러는 거 아니다.'라고 하십니다."

"……."

어째서 현일과 똑같은 어투로 말하는 걸까.

검지를 좌우로 살살 저으면서.

방금 엄청 훈훈한 분위기였던 것 같은데.

'나만 그랬나……?'

그 와중에 신지가 어리둥절한 표정으로 물었다.

"그런데… 이분들 누구시죠? 갑자기 웬 밴드?"

"아, 아무것도 아냐. 신경 쓰지 마."

"……?"

한편, 현일은 들고 있던 카메라에 저장된 영상을 돌려보며 피식 웃었다.

'하연이 때가 생각나네.'

　　　　*　　　　　*　　　　　*

　도쿄 뮤직.

　다시 그로부터 몇 주가 지나고, 류이치가 아버지와 담판을 지을 날이 다가왔다.

　"웬일이냐, 류이치. 네가 스스로 여길 다 찾아오고."

　"아버지. 열심히 할게요."

　쿠로사와 전무의 얼굴이 대번에 밝아졌다.

　"오, 드디어 네가 내 말을 알아듣는구나!"

　"아뇨. 아버지가 제 말을 들어주세요. 전 밴드를 할 거예요."

　쾅!

　쿠로사와 전무가 테이블을 주먹으로 내리치며 자리에서 일어났다.

　"또 그 소리냐! 내 눈에 흙이 들어가는 한이 있어도 절대 안 돼!"

　"전 죽어도 밴드를 할 거거든요! 아버지가 절 때려죽이는 한이 있더라도!"

　쿠로사와 류이치가 골프 가방의 지퍼를 열었다.

　크롬으로 도금된 고급 골프채가 반사하는 찬란한 빛이 눈이 부실 정도였다.

　한눈에 봐도 고가의 제품이란 걸 알 수 있는 드라이브였다.

　'근데 갑자기 저걸 왜 꺼냈지.'

　"오냐. 오늘 한번 맞아 죽어보자 이 녀석아!"

"헉! 아빠! 자, 잠깐만요! 잠깐! 잠까아안! 으아아아아악!!!"

쿠로사와 전무가 휘두른 골프채가 쨍그랑! 하고 화분을 깨버리기 직전, 갑작스레 쿠로사와 전무의 전화기가 울렸다.

'허억… 허억… 십년감수했네……'

쿠로사와 전무는 액정에 뜬 이름을 보고는 황급히 전화를 받았다.

"예, 회장님. 예? 아, 예. 지금 여기 있습니다. 예, 예. 예? 아닙니다. 제가 왜… 예…? 뭐라고요?"

그가 주저앉아 있는 류이치를 휙 돌아보았다.

"얘가… 아니, 류이치가 말입니까? 그런 일이… 예, 알겠습니다."

쿠로사와 전무는 전화를 끊자마자 다시 테이블에 앉아 노트북을 켰다.

마우스와 키보드를 조작하고는 이어폰을 꼈다.

잠시 후, 볼 일을 다 봤는지, 귀에서 이어폰을 빼고 입을 열었다.

"류이치."

하루에도 몇 번이나 듣던 자신의 이름 세 음절이 왜 이리도 묵직한 것일까.

류이치는 침을 꿀꺽 삼키고 대답했다.

"…네."

"이게 정말 너야?"

쿠로사와 전무가 노트북을 류이치 쪽으로 돌렸다.

노트북의 화면 속에서는 'Leopold'를 연습하고 있는 레오폴드의 모습이 있었다.

"유튜브 메인 페이지에 추천 동영상으로 올라와 있더군."

류이치는 잔뜩 긴장한 탓에 눈치채지 못 했지만, 그렇게 말하는 쿠로사와 전무의 목소리가 살짝 온화해져 있었다.

"네… 저네요. 제 밴드인 레오폴드에요."

"그 작곡가가 만들어준 곡을 네가 리메이크한 건가?"

"아니요. 원래 제가 쓴 곡이에요."

"말도 안 되는 소리."

"그럼 확인해 보시면 되잖아요. 그 작곡가님한테 전화해 보시라고요."

"……."

맞는 말이었다.

그는 잠시 눈을 감고 생각에 잠겼다.

'정말 이 노래를 류이치가 작곡한 거란 말인가?'

그것도 놀랍지만, 쿠로사와 전무를 더욱 놀라게 한 것은 유튜브에 올라간 연습 영상의 인기였다.

그가 자세하게 말은 안 했지만, 그 영상은 24시간 동안 가장 좋아요가 많이 찍힌 영상 TOP10에 올랐고 SNS를 통해서도 삽시간에 알려지고 있었다.

그 때문에 쿠로사와 전무의 친아버지이자, 도쿄 뮤직의 회장이 류이치를 락 밴드로 밀어보는 것도 괜찮지 않겠느냐고 제안을 해온 것이었다.

"…어쩔 수 없구나."

회장의 제안은 여태껏 이루어지지 않은 적이 없었기에, 사실상 말만 제안이지 명령이나 다름없었다.

백발이 무성함에도 마땅한 후계자를 찾지 못해 아직도 일선에서 물러나지 않고 있는 쿠로사와 회장.

그렇기에 이번엔 쿠로사와 회장의 명을 거역해 볼 심산이었다.

자신이 할 수 있다고.

내 뜻대로 도쿄 뮤직을 이끌어갈 수 있다고 말이다.

어쩌면 쿠로사와 전무는 류이치도 자신도 같은 심정인지도 모르겠다는 생각이 들었다.

아버지에게 인정받겠다는.

'그렇다면 류이치에게도 조금은 기회를 줘야겠지.'

입을 꾹 다물고 눈만 껌뻑거리고 있는 류이치에게 쿠로사와 전무가 말했다.

"정 그렇다면 어디 한 번 네 녀석 뜻대로 해봐라."

"헉……! 지, 진짜죠?! 말 바꾸기 없기예요!"

"단, 조건이 있다."

"…뭔데요?"

"레오폴드라고 했나? 데뷔 날짜를 최대한 일찍 잡아주마. 그 것도 메인 스트림급 무대에서."

류이치는 고개를 갸웃했다.

그렇게 반대했으면서 오히려 그런 혜택을 주겠다는 말이 이해가 안 됐으니까.

쿠로사와 전무가 버럭 말을 이었다.

"그 대신! 정해진 날짜 안에 데뷔 무대를 치르지 못 하거나 반응이 시원찮으면 바로 해체시켜 버릴 줄 알아!"

"아버지나 말 바꾸지 마세요! 무조건 탑 밴드가 될 거니까!"

류이치는 그 말을 남기고 문밖으로 후다닥 뛰어나갔다.

"하하… 하하하하……."

사무실에 홀로 남은 쿠로사와 전무는 의자 등받이에 몸을 쭉 눕히고는 천장을 보며 허탈하게 웃었다.

"내 아들놈이 큰일을……."

저질렀다고 해야 될지, 해냈다고 해야 될지.

갈피를 잡기가 힘들었다.

'네가 이 난관을 극복한다면 나도 인정해 주마.'

문득 고개를 돌린 쿠로사와 전무는 화면에서 류이치 외에도 낯이 익은 얼굴이 보였다.

'쟨 또 왜 여기 있어?!'

*   *   *

—오오오! MMF의 후속 밴드인가요? 스타일이 비슷한 것 같기도 하고? 뭔가 좀 다른 것 같기도 하고?

—그냥 딱 봐도 MMF 아류 같은데. MMF 뜨니까 요즘 헛된 희망을 품는 인디들이 많긴 함. 운 좋게 MMF 성공하니까 GCM 엔터가 무리수 두는 듯.

—위엣 놈 뭔 헛소리냐. 노래 좋기만 하구만 ——

—빨리 앨범 나왔으면 좋겠어요!

…

—근데 여기 왜 이렇게 일본 댓글이 많지?

가사가 영어인 데다가, 미나미의 발음 또한 좋고, 무엇보다 GCM의 아이디로 올라온 탓에 댓글 창엔 한국인도 많았다.

류이치가 물었다.

"어떻게 이런 발상을 하신 거예요?"

"예전 GCM 엔터가 만들어지기도 전, 신인 가수를 키울 때 이런 식으로 했었거든."

"아무도 그런 생각은 못 하는데."

"못 하는 게 아니라, 어차피 안 될 걸 아니까 안 하는 거지. 나야 유튜브에서 유명했으니까."

기타 연습을 하고 있던 신지가 끼어들었다.

"근데… 우리 정확히 댄스 그룹인가요? 밴드인가요?"

류이치가 대답했다.

"넌 기타를 잘 치니까 당연히 밴드를 해야지."

"회사에서 이미 댄스 그룹에 넣기로 했잖아."

"그냥 나와 버려."

"난 아이돌 그룹도 해보고 싶은데."

현일이 말했다.

"그럼 투 잡 뛰어."

신지는 멍하니 현일을 쳐다보다가 뒤늦게 놀라며 되물었다.

"예……? 그게 가능한 일입니까?"

"안 될 거 있나? 아이돌 그룹도 하고 락 밴드도 하면 되지. 스케줄은 방송 활동을 줄이고 공연으로만 채워 넣고. 실제로 두 밴드를 하고 있는 유명한 보컬도 있어. 간단하지?"

"……."

"너희들은 재능이 있으니까, 아이돌 팬층과 락 밴드 팬층, 두 마리 토끼를 다 잡을 수 있을 거야."

현일은 그렇게 말하고는 신지와 류이치를 차례대로 돌아보았다.

그러자 류이치가 인상을 팍 찡그리고는 말했다.

"아니! 저는 죽어도 안 한다니까요!"

"넌 당연히 안 해야지. 레오폴드의 리더고, 네가 작곡에도 참여를 해야 하는데. 그냥 신지한테 팬덤만 뺏어오라고 하면 돼."

"그렇다면 참 구미가 당기는 얘기로군요."

류이치가 고개를 끄덕였다.

그때, 현일의 전화기가 진동했다.

'시혁이 형한테 메일이 왔네.'

현일은 메일을 열어보았다.

─야! 내가 차마 국제전화 통화료가 무서워서 전화는 못하겠다만, 이건 꼭 따져야겠다. 너 대체 거기서 무슨 짓을 하는 거야? 무슨 레오폴드고 어쩌고가 언제 데뷔 하냐고 게시판이 터지기 직전이라고!

'음… 내가 말을 안 했었나?'

도쿄 뮤직 측에서 GCM 엔터에 연락은 했을 터다.

'아마 아이돌 그룹을 프로듀싱 하는 줄 알고 있겠지.'

그런데 갑자기 무슨 MMF의 아류 밴드니 뭐니로 대중들이 난리를 쳐대니 저렇게 반응하는 것도 그리 이상한 일은 아닐 것이다.

'뭐, 어때? 못 만들면 아류고 잘 만들면 그냥… 비슷한 거지.'

현일은 안시혁에게 답장을 주고 다시 쿠로사와 전무의 전화를 받아야 했다.

*   *   *

류이치의 연습실에 멤버들이 모여 있었다.

"얘들아, 마침내 레오폴드가 세상에 모습을 드러낼 때가 됐다!"

류이치의 호기롭게 선언했다.

그럼에도 불구하고, 멤버들의 반응은 그리 기뻐하는 눈치가 아니었다.

"그건 정말 좋은 소식이긴 한데, 어디서 데뷔하는 거야?"

그렇다.

레오폴드에겐 그것이 중요했다.

미나미의 물음에 류이치가 입꼬리를 슬며시 올리며 말했다.

"뮤직 스테이션."

"오!"

레오폴드의 멤버들의 얼굴이 그제야 활짝 퍼졌으나,

"아직 확정된 건 아니에요. 날짜가 징해졌어도 앨범 발매가 먼저니까 그전에 앨범을 완성시키지 못하면 레오폴드가 해체될 위기에 처해 있어요."

보통 예정된 기한 안에 앨범이 나오지 않으면, 예정된 무대도 취소된다.

어느 정도 눈을 감아주는 곳이 있을지는 몰라도, 상대는 뮤직 스테이션.

호락호락하지 않다.

당장 그곳에 가고 싶어서 안달인 가수와 기획사들이 줄을 서 있는데, 뭐하러 사정을 봐주겠나.

쿠로사와 전무가 노린 것도 그것이었다.

미나미가 재차 물었다.

"그때가 언젠가요?"

"정확히 삼십 일 후."

류이치가 경악하며 현일을 쳐다보았다.

아직 언제인지는 그 또한 모르고 있었다.

"허억……! 그래도 그렇지! 너무한 거 아닙니까? 작곡가님은 그게 말이 된다고 생각하십니까? 어떻게 한 달 안에… 작곡하고 가사 쓰고 편곡하고 녹음을 다하라고요?"

"말이야 되지. 사람이 말을 하는데."

"…아니, 지금 농담할 기분이 아니라… 아버지께 따져야겠어요. 이건 그냥 제 앞길을 막아서는 것뿐이잖아요!"

"가능해."

"제 말이요! 그러니까 당장… 뭐라고요?"

"가능하니까 유난 떨지 말라고."

앨범 제작 기한.

이건 사실상 현일에 대한 도전이나 다름없었다.

과연 한 달 안에 판매량이 썩 괜찮은 음반을 만들어낼 수 있겠는가.

쿠로사와 전무는 현일에게도 물어본 것이다.

현일은 일전에 류이치와 신지에게 했던 마이클 잭슨에 대한 이야기를 떠올렸다.

'이거 참 내가 했던 이야기를 내 스스로 부정하는 느낌인데.'

그럼 어떤가.

최고의 퀄리티로 음반을 만들면서도, 1년… 아니, 한 달 안에 만들어 낼 역량이 있다면 그렇게 해버리면 될 뿐이다.

그리고 다행스럽게도, 현일에겐 방법이 있었다.

'내가 미래에서 온 사람이란 걸 상기시켜 줘서 고맙군.'

전생에 현일이 썼던 수많은 노래들.

'손보면 제법 괜찮은 음악을 기대할 수 있을 거야.'

현일이 말했다.

"오늘부터 여러분들은 죽었다 생각하고 연습에만 매진하세요. 지금 바로 집에 가서 짐 챙기고 여기서 합숙하는 겁니다. 빨리!"

*　　　　　*　　　　　*

쿠로사와 전무의 집무실.

"어떻게 돼가고 있던가?"

"레오폴드는 연습실에서 먹고 자고 데뷔 준비에 매달리고 있습니다."

"노래는?"

쿠로사와 전무의 연이은 질문을 받은 남자는 잠시 생각하더니 답했다.

"딱히 음반에 신경 쓰는 모습은 안 보였습니다."

"하하하하!"

남자의 대답에 쿠로사와 전무는 호탕하게 웃고는 말을 이었다.

"그토록 호언장담을 하길래 비장의 한 수라도 있나 했더니, 그렇게 느려 터져서야 녹음은 언제 할 생각인지 모르겠구만 그래!"

"네, 그리고 오늘 녹음을 하러 온다고 합니다."

쿠로사와 전무는 연신 고개를 끄덕였다.

"그래, 그래. 부를 노래도 없는데 녹음이라도 해야… 뭐라고?!"

"부를 노래가 있기는 있는 모양입니다."

"그럴 리가… 아냐, 괜찮네. 어차피 이번 주는 녹음실이 전부 예약이 되어 있어."

어떻게 해서든 류이치를 아이돌 그룹의 멤버로 만들고 싶은 쿠로사와 전무였다.

한편, 류이치 일행은 현일에게 녹음실의 상황을 알렸다.

현일이 눈썹을 찡긋거렸다.

"흐음… 녹음실을 쓸 수가 없다고?"

"네. 예약이 전부 차 있다네요. 만든 지 얼마 되지도 않았는데……."

"녹음실이 도쿄 뮤직에만 있는 건 아니잖아. 주변에 번듯한 스튜디오 없어?"

"찾아볼게요."

나름 뮤직 스테이션에서 데뷔 무대를 가질 밴드인데, 보급형 장비를 쓰는 스튜디오에서 녹음을 할 수는 없는 노릇이니까.

류이치는 어딘가로 전화를 걸기 시작했다.

"거기 뉴런 스튜디오죠? 녹음실 대여……."

─죄송합니다. 이번 주는 휴무입니다.

─죄송합니다만, 이번 달에 예약이…….

─죄송합니다…….

류이치가 발을 동동 굴렀다.

"아오! 진짜! 왜 하필 이 때 죄다 안 된다는 거야?!"

"흠, 연초라서 그런가?"

아무래도 쉬고 있던 가수들이 짜잔! 하고 나타날 시기가 된 모양이다.

현일은 도쿄 뮤직의 사옥을 올려다보았다.

건물에 달린 대형 패널에는 화이트 사운드 단말기에 이어폰을 꽂고 있는 성아영의 광고용 사진들이 슬라이드 쇼처럼 지나가고 있었다.

현일의 뇌리가 번뜩였다.

"그래! 일본 밴드라고 일본에서 녹음하란 법은 없지."

"네?"

그랬다.

현일은 최고의 음향 장비를 사용하면서도, 소속 가수가 많지 않아 녹음실의 잡 오프닝(Job Opening)이 여유로운 스튜디오를 하나 알고 있었다.

거기에, 엔지니어의 실력 또한 출중하다.

"당장 연습실 가서 도로 짐 싸와. GCM 엔터로 날아간다."

Chapter 3
나의 패배다

10평 남짓한 크기의 공간.

여기저기 알록달록한 조명이 안을 밝혀주고 있지만, 어딘지 모르게 어둡고 칙칙한 분위기가 감돌았다.

고급 양주들이 놓인 중앙의 테이블 주위로, 양복을 입은 사람들이 술잔을 주고받았다.

"하하하. 오 대표님 덕분에 아주 묵은 체증이 다 가라앉은 기분입니다, 그려. 안 그렇습니까? 양 교육감."

"암요. 오 대표께서 톡톡히 지원해 주신 덕분에, 예? 학생들 깨끗한 새 교복도 사 입히고, 맛있는 급식도 먹고 시설 좋은 운동장에서 체육도 하고 할 수 있게 됐지요. 하하하."

"지당하신 말씀입니다. 하하하!"

"하하하하하!"

교육부 쪽의 높으신 분들은 수박의 오윤석 대표와 함께 양주를 기울이며 웃고 떠들었다.

'GCM 엔터테인먼트……'

생각만 해도 이가 갈리는 그 이름.

파죽지세(破竹之勢)로 점유율을 잡아먹고 있는 GCM 뮤직을 저지해야만 했다.

개미 똥만큼이라도 좋다.

아니 기왕이면 엄청난 타격을 줄 수 있다면 소원이 없을 것 같았다.

그러기 위해 애써 만든 자리가 아니었나.

"하하하……."

오윤석 대표가 비릿하게 웃었다.

*　　　　*　　　　*

인천국제공항.

비행기가 착륙했다.

짐칸에서 짐을 내리고 있는 레오폴드의 멤버들.

그들은 서로 뭐라 뭐라 이야기를 나누고 있었지만, 통역가를 데려오지 않았기에 현일이 알아들을 수는 없었다.

'지영이가 와 있어야 할 텐데.'

현일 일행은 짐을 챙긴 후, 곧바로 약속 장소로 향했다.

다행히도 이지영은 도착 시간에 맞춰 공항에서 대기하고 있었다.

"일찍 오셨네요."

"사정이 있어서 녹음실을 써야겠어."

"웬 녹음실?"

의아해하는 그녀에게 현일은 자초지종을 늘어놓았다.

"아~ 그런 일이."

현일은 예정에 없던 일이 생겨도 언제나 성심성의껏 일을 해 주는 팀 3D가 고마웠다.

그녀가 미소 지으며 말했다.

"쇠고기."

"윽… 아무리 원 플러스 플러스 등급이라도 네 명이서 육십 칠만 구천 원은 말이 안 돼."

"살치살."

"알았어. 내가 졌다."

류이치가 지나가듯 말했다.

"한국에서 일본으로 돌아간 지 얼마나 됐다고 다시 왔네요. 사실 다시 와보고 싶긴 했지만."

"한국엔 얼마나 와봤어?"

"이번이 두 번째예요. 한국엔 별로 관심이 없었거든요."

"MMF 공연이라도 보러 오지 그랬어?"

"일본에 종종 왔으니까요. 하하."

"그렇구만. 온 김에 녹음 끝나면 한국에서 실컷 돈이나 쓰고 가라. 우리나라가 외화가 좀 필요해서 말이야."

"재밌는 게 있다면요, 근데 녹음 후엔 다시 일본으로 후딱 가 야 되는 거 아닌가요?"

"그렇네. 나중에라도 다시 와."

"우리가 한국에서도 인기를 얻으면 언젠가 공연할 날이 있겠죠. 물론 그땐 우리가 한화(韓貨)를 벌어가겠지만요."

"그럼 번 돈의 두 배로 쓰고 가."

"그럼 난 네 배로 벌어……."

"안 돼. 더 써. 또 써. 다 써."

소소한 농담을 하며 현일 일행은 GCM 엔터로 향했다.

우연찮게도 업무차 회사에 들린 MMF가 있었지만, 류이치는 사안이 급하다는 것을 자각하고 있었기에 간단히 인사만 나누고 바로 녹음실로 들어섰다.

"자, 여기."

아직 레오폴드가 악보를 보고 칠 수 있을 정도로 숙달되지 않아서 현일은 그들에게 프린트한 악보를 건넸다.

류이치와 신지는 특유의 재능으로 다 익혔지만, 혹시 모른다며 악보를 받았다.

자만하지 않는 모습이 보기 좋았다.

아무튼, 몇 가지 테스트 후에 곧바로 레오폴드는 준비가 끝났음을 알렸다.

세우고 있던 이지영의 세 손가락이 이내 모두 접히고 녹음의 시작을 알렸다.

첫 녹음은 토시로와 테루였다.

턱! 픽!

어딘지 모르게 드럼이 어색했기에 이지영은 녹음을 멈추고 물었다.

"테루 씨, 무슨 문제 있나요?"

—아… 그게 제가 치던 드럼이랑 많이 달라서… 하하하…….

그가 드럼에 익숙해질 때까지 대략 한 시간이 흘렀다.

이지영이 말했다.

"이제 시작할게요."

둥! 두둥!

이번엔 베이스였다.

"토시로 씨?"

—긴장해서 실수했네요. 죄송합니다.

"아, 예. 괜찮아요. 그럴 수도 있죠."

많이 긴장했던 모양이다.

첫 무대를 위해 첫 음반을 내야 하는 첫 녹음이니 그 정도는 이해해 줄 아량이 있었다.

그렇게, 여덟 곡의 인스트루먼트가 완전히 녹음될 때까지 적잖은 시간이 걸렸다.

마지막으로 미나미가 보컬만 녹음하면 녹음은 끝.

"시작할게요."

—…….

시작했음에도 입도 뻥긋하지 않는 미나미.

"미나미 씨? 녹음하셔야죠."

—앗! 죄송합니다. 실수로 박자를 놓쳤네요. 하하…….

"정신 똑바로 차리세요."

—헉……! 죄, 죄송합니다!

이틀 새에 그녀도 많이 예민해져 있었다.

손가락을 접는 그녀의 손가락이 저려왔다.

"흐으음……."

지켜보고 있던 현일은 쉽지만은 않을 거란 예감에 침음 섞인
한숨을 쉬었다.

*   *   *

인천국제공항.

"어? 어?!"

공항을 걷고 있던 커플.

여자가 남자의 팔을 팔꿈치로 툭툭 쳤다.

"왜 그래?"

"자기야. 저기 저 사람들 어디서 본 것 같지 않아?"

"음… 그런가?"

"그, 그, 그… 그래! 그거야!"

"뭐?"

"레오폴드!"

"아~!"

그제야 남자는 손뼉을 치고는 레오폴드를 가리키며 감탄사를
뱉었다.

"뭐? 레오폴드?"

"레오폴드라고?"

"응? 니들 갑자기 키보드를 왜 찾아?"

"멍청한 놈아. 넌 인터넷도 안 보고 사냐? 그나저나… 진짜 레

오폴드잖아!"

커플을 시작으로, 하나둘씩 알아보는 사람들이 늘어났다.

"뭐?! 어디? 어디?!"

"저기 있다!"

"사인받자, 사인!"

레오폴드가 갑작스러운 소란에 뒤를 돌아봤다.

"뭐지……? 헉!"

"그들이 온다!"

레오폴드는 다가와서 인사를 건네 오는 팬들에게 흐뭇함을 느끼면서도, 곧 점점 모여드는 인파에 식은땀을 흘렸다.

'아직 데뷔도 안 했는데…….'

기쁨에서 부담감으로, 부담감에서 난처함으로.

사람들이 급기야 팡팡 사진을 찍어대자 그 심경은 시시각각 변해갔다.

"감사합니다! 여러분. 그럼 우리는 이만 가볼게요!"

그들은 발걸음을 점점 빨리했다.

'이런…….'

시간에 쫓기기도 했고, 별로 필요하지도 않을 것 같아 경호원을 고용하지 않았는데, 인파는 흩어질 기미가 안 보였다.

"뭐야? 일본인이었어? 대박!"

"특종이다!"

어느새 기자까지 출동한 모양이었다.

'곤란한데…….'

　　　　*　　　　　*　　　　　*

　쿠로사와 전무의 집무실.

"류이치는 뭘 하고 있지?"

"글쎄요. 연습실에서 보이질 않습니다."

　그러자 쿠로사와 전무는 호쾌하게 웃었다.

"하하하하! 그럼 그렇지. 곡이 있으면 뭣하나? 녹음을 못하는데 말이야."

　부우우웅.

"잠시 실례하겠습니다."

　남자의 전화기가 메일이 왔음을 알렸다.

─곧 도착할 것 같습니다. 공항으로 와주시길 부탁드립니다.

　쿠로사와 전무의 눈앞에 있는 남자.

　그는 쿠로사와 전무로부터 류이치를 옆에서 감시하라는 지시를 받았다.

　남자의 이름은 쇼스케.

　현일의 전담 통역가였다.

　그는 메일을 보고 미소를 지었다.

　쿠로사와 전무가 눈치채지 못할 정도로 아주 짧게.

　본래 직원으로서 상사의 지시를 충실히 시행하려 했으나 류이치가 진심으로 자신의 밴드에 열정을 갖고 연습하는 모습이 감동적이었다.

그래서 레오폴드가 한국에 가는 것을 쿠로사와 전무에게 알리지 않았다.

'하지만 이젠 상관없겠지.'

"뭔가?"

"예. 녹음을 마치고 이리로 오고 있다고 합니다."

"뭐, 뭣이?! 그럴 리가 없을 텐데!"

그 때, 쿠로사와 전무의 전화기가 울렸다.

왠지 이 전화가 모든 것을 설명해 줄 것 같은 느낌이 들었다.

"예, 회장님."

—류이치가 구태여 한국까지 가서 녹음을 했더군. 꼭 그래야 할 이유가 있는 건가?

"예?"

—왜 아무것도 모른다는 것처럼 말하나. 이미 인터넷에 도배가 돼 있는데.

쿠로사와 전무는 허겁지겁 인터넷을 켜보았다.

'뭐야?!'

[GCM 엔터의 레오폴드, 일본인으로 밝혀져! 한국와 일본, 양국의 네티즌 모두 놀람을 감추지 못해…]

[과연 레오폴드는 GCM 엔터 소속의 밴드가 맞는가?]

[자국의 기획사는 이런 인재들을 진즉 발굴하지 못하고 무엇을 했나?]

일본 기자들이 따 봐도 한국에서 대충 피온 듯한 사진을 첨부해놓고 마구잡이로 기사를 올려댔다.

다만, 한국에 뭘 하러 갔는지에 대한 기사는 어디에도 없었음에도 불구하고, 쿠로사와 회장은 일의 전말을 알고 있었다.

그의 정보력에 내심 혀를 내두르며 말했다.

"아… 어찌 된 일인지 바로 알아보도록 하겠습니다. 회장님."

―아니. 그럴 것 없네. 류이치의 데뷔나 잘 신경 쓰도록 하게.

"…알겠습니다. 회장님."

짧은 침묵 후에 약간 가벼워진 회장의 목소리가 들려왔다.

―신이치.

"예, 말씀하세요. 아버지."

―가족의 사랑을 잘 모르고 자란 아이야. 잘 챙겨주었으면 좋겠군.

그 목소리에는 손자를 생각하는 따스함이 담겨 있었다.

"…예."

곧 전화가 끝나자 통역가는 현일이 도착했음을 알렸다.

그러자 쿠로사와 전무는 말없이 손을 휘저었다.

*　　　　*　　　　*

"설마 도쿄 공항에까지 기자들이 와 있을 줄이야."

"하하하……."

통역가가 쓰게 웃었다.

다행히 미리 사태를 파악한 공항 측에서 VIP 전용 통로로 에스코트를 받아 한국 때처럼 곤란은 겪지 않았다.

"정말 수고 많으셨습니다. 녹음하시는 것도, 오시는 데에도."

어느 쪽이 더 힘들었는지, 생각조차 하고 싶지 않았다.

현일은 죄다 녹초가 되어 있는 레오폴드를 둘러보고는 말했다.

"바로 연습실로 갑시다. 조금 쉬고 싶네요. 아니, 많이요."

"그럼 쿠로사와 전무님과의 면담은 내일로 미뤄야겠다고 전하겠습니다."

류이치가 그에게 물었다.

"설마 아직도 아이돌 타령을 하고 있는 건 아니겠죠?"

"글쎄요. 만약 그렇다면 어쩌실 건가요?"

"당연히 도망가야죠."

마냥 농담이 아니었다.

여차하면 GCM 엔터와 계약해 버릴 심산이었다.

'생각해 보니 그것도 썩 나쁘지 않은데?'

물론 얘기가 잘 풀리는 게 최선이지만.

아무튼 현일과 레오폴드는 연습실에 도착하자마자 쓰러졌다.

그리고 다음 날, 류이치는 도쿄 뮤직을 찾아갔다.

단념한 표정의 쿠로사와 전무.

그가 침중한 목소리로 말했다.

"내가 졌구나. 류이치."

그는 피식 웃었다.

굳이 회장의 전화가 아니었더라도, 인정할 수밖에 없었다.

이 이상 고집을 부릴 수도 없는 노릇이니까.

"그래, 이왕 이렇게 된 기 어디 한 빈 일본 최고가 되어 보거라."

그렇게 돼주지 않으면 심히 곤란하다.

전무라는 직책으로서도, 그리고 아버지로서도.

류이치는 쿠로사와 전무의 확답을 받고 내색하진 않았지만 당장에라도 방방 뛰고 싶을 지경이었다.

레오폴드가 망하면 가만두지 않겠다는 것까지 첨언하기를 기대하지는 않았지만 말이다.

'흐… 흐흐……'

그래도 입꼬리가 살살 올라가는 것까지 자제하긴 힘들었다.

"후… 어쨌든 감사합니다. 십 년 묵은 체증이 가라앉은 기분이에요."

"이제 시작일 뿐이야."

안도의 한숨을 쉬던 류이치는 쿠로사와 전무의 진지한 대답에 다시 긴장감이 도는 것을 느낄 수 있었다.

"곧 뮤직 스테이션에서 연락이 갈 거다. 앨범은 아직 안 찍었지만 그 정도 융통성은 있는 곳이니까."

도쿄 뮤직이 대기업인 만큼 앨범을 내고 싶다고 어느 때고 찍을 수 있는 게 아니었다.

회사가 클수록 그에 따라 절차가 있고 순서가 있는 법이니까.

그래도 발매 일자는 잡혀서 뮤직 스테이션도 출연을 허가해 주었다.

아마 류이치가 도쿄 뮤직 일가의 사람이라는 점도 적잖이 작용했으리라.

류이치가 주먹을 불끈 쥐었다.

　　　　*　　　　　*　　　　　*

뮤직 스테이션.

"결국 이 자리에 서는구나."

우여곡절 끝에 어떻게든 데뷔는 하게 되었다.

이제 더 이상 실수는 용납되지 않는다.

류이치는 그렇게 말하고 싶었으나, 괜히 쓸데없이 부담감만 지울까봐 관두었다.

그리고 멤버들을 믿었다.

몇 년 동안 함께해 왔으니까.

―바로 다음입니다. 준비하세요.

이어폰으로 들리는 PD의 목소리.

긴장감을 달래기 위해 멤버들은 악기와 마이크를 하염없이 만지작거렸다.

"더도 말고 덜도 말고 딱 50위만 하고 싶다……"

미나미의 말을 류이치가 받았다.

"1등."

"응?"

"우리보다 더 열정을 가지고 올라온 녀석이 있다면, 1등을 가져가도 좋아."

"하하하!"

"옳소!"

"임! 그 정도면 인정해 줘야지!"

류이치의 말이 그들의 작은 불씨에 기름을 부어주었다.

이젠 그 불씨를 폭발시켜야 할 때.

"앞사람들 노래 다 끝나간다."

곧이어 요즘 인기인 가수가 진행 멘트를 읊었다.

—네~ 다음으로 준비한 무대는 바로바로오~ '레오폴드'! 요즘 한창 화제라죠?

—네! 최근 도쿄 뮤직에서 매니지먼트 사업부를 창설하고 최초로 키워낸 신인이죠.

—거기에 유튜브에서 폭발적인 조회수를 기록하면서, 네티즌들은 '뮤직 스테이션은 데뷔 무대가 아닌, 입지를 확고히 하는 무대' 그리고 '레오폴드는……' 라고 하면서 연이은 호평이 이어졌었는데요.

—그렇죠. 그만큼 저도 상당히 기대가 됩니다. 그럼 레오폴드의 무대애! 이제 곧!

—시작합니다!

—시작합니다!

[GCM 엔터의 MMF와 비슷한 스타일? 아니나 다를까, GCM 엔터의 작곡가가 참여…]

[혜성같이 등장한 신인 밴드 '레오폴드' 뮤직 스테이션에 화려하게 입성!]

['레오폴드' 데뷔 첫 주 만에 오리콘 앨범차트 TOP10에 진입하다!]

[보컬리스트 미나미와 기타리스트 신지, 여심을 뒤흔들어…]

[레오폴드 정규 1집 앨범의 타이틀 곡 'Leopold' 첫 주 만에 도쿄 뮤직차트 TOP5에 올라…]

"감사합니다. 작곡가님!"

류이치가 꾸벅 허리를 숙였다.

레오폴드의 데뷔는 매우 성공적이었다.

이런저런 공연과 행사에 출연하고, 메말라 버린 실물 음반 시장에 장맛비 같은 희망을 뿌렸다.

류이치는 허리를 펴고 후련한 미소를 지었다.

"덕분에 아이돌 댄스 그룹 신세는 면했습니다. 하하하!"

"그래, 축하한다. 초심 잃지 말고, 내 은혜도 잊지 마렴."

"그럼요! 무덤까지 가져가겠습니다. 하하하."

"은혜를 무덤에 파묻겠다는 거야?"

"예?! 아뇨! 그럴 리가요!"

현일은 웃음기를 지우고 말했다.

"그나저나 다음 공연은 언제야? 최근에 잡힌 곳 중에서 가장 큰 무대."

"다음 주예요."

"약속은 기억하고 있겠지?"

현일의 부탁을 들어주겠다는 약속.

그것을 지킬 때가 온 모양이었다.

한데, 그게 공연과 어떤 관련이 있는 것일까.

"물론이죠."

"그럼……."

현일의 부탁을 들은 류이치의 안색이 창백해졌다.

"에에?! 시… 싫어요!!!"

"그럼 전무님께 역시 넌 아이돌 그룹이 어울……."

"아, 알았어요! 하면 되잖아요. 하면!"

*　　　　*　　　　*

도쿄 국제 포럼 홀A.

공연에 앞서 공연장을 둘러보던 신지가 흡족한 미소를 지으며 입을 열었다.

"데뷔한 지 얼마나 됐다고 벌써 여기서 공연을 하게 될 줄이야."

류이치가 피식 웃으며 신지의 말을 받았다.

"우리야 좋잖아. 이 기세로 내년엔 도쿄 돔. 내후년엔 닛산 스타디움으로 가는 거야."

"정말 그랬으면 소원이 없겠네."

"넌 왜 자꾸 닳아 없어진 소원을 만들어 내?"

"어쨌든 좋은 게 좋은 거잖아?"

문득 신지의 눈에 류이치의 티셔츠가 들어왔다.

"근데 너 그 옷 뭐야?"

류이치가 외투의 지퍼를 올리며 퉁명스럽게 대답했다.

"…신경 꺼."

점퍼로 가려진 티셔츠엔 왠지 어디서 본 것 같은 여자의 얼굴이 있었다.

"아무튼 열심히 해보자고!"

"그래."

얼마 후, 공연 시간이 다가오고 관객들이 하나둘씩 좌석에 앉았다.

그리고 공연이 시작되기 직전, 류이치가 외투를 벗고 무대에 올랐다.

그러자 관객들의 시선이 류이치의 상의에 집중되며 그 티셔츠의 정체를 알아보는 사람들이 나타났다.

"엥? 저거 맥시드 티셔츠 아냐?"

"어라? 진짜네?"

"왜 공연 무대에서 저런 걸 입고 있지?"

"맥시드의 무진장 열성적인 팬인가 봐!"

"하하하하하하!"

관객석은 한바탕 웃음바다가 되었다.

이내 관객들은 사진까지 찍어대며 SNS에 류이치의 모습을 업로드했고, 팔로워들은 그들의 SNS를 여기저기로 퍼 나르기 시작했다.

그날 연예부 뉴스의 신문 1면은 [레오폴드의 류이치! 맥시드의 열혈 팬 인증!] 이 되리란 건 불 보듯 뻔했다.

"으으으으… 아냐… 아니라고……."

류이치는 창피스러움에 몸서리를 쳤다.

오늘 밤 그의 이불이 발차기 수련(?)에 남아나질 않으리라.

아무튼, 이후 그들은 성공적인 공연을 끝마치고, 관객들의 열화와 같은 성원에 힘입어 앵콜 무대도 끝났다.

맥시드의 티셔츠와 함께.

그렇게 관객들에게도, 레오폴드에게도 미치도록 즐거운 시간이 되었다.

"감사합니다! 레오폴드였습니다! 감사합니다!"

그러나 류이치는 이 무대가 끝나지 않기를 바랐다.

그저 그 순간이 너무 행복해서가 아니라, 정말 오지 말았으면 하는 순간이 와버렸기 때문이었다.

"류이치. 이제 그거 해야지?"

"크윽……."

"빨리 해. 곧 나갈 시간이잖아. 설마 약속을 어기는 건 아니겠지?"

"아, 알았어요……. 하면 되잖아요, 하면……."

그는 무거운 몸을 이끌고 미나미에게 다가가 손을 내밀었다.

"미나미. 잠깐 마이크 좀……."

"응? 아, 응."

미나미는 의아해하면서도 선뜻 류이치에게 마이크를 건넸다.

'팬들한테 하고 싶은 말이 있나?'

그러나 류이치의 입에서 나온 멘트는 미나미의 상상을 초월했다.

"감사합니다, 여러분! 저희 레오폴드의 공연을 보러 와주셔서 감사합니다! 그리고… MMF와 맥시드도 많이많이 사랑해 주세요!"

그 말을 끝으로 류이치가 관객들에게 꾸벅 허리를 숙였다.

그리 관객석은 다시 한 번 웃음보가 터졌다.

"하하하하하! 쟤 맥시드 진짜 좋아하나봐!"

그렇게 류이치는 대 관객 덕후 인증을 하고 잽싸게 무대를 벗어났다.

무대 뒤에서, 신지가 류이치의 어깨에 손을 얹고 진지한 어투로 말했다.

"류이치. 그렇게 맥시드가 좋으면 아이돌이 되어 보는 것도 나쁘지 않았을 텐데."

"아니라니까아아아아아!"

*   *   *

GCM 엔터테인먼트.

"오랜만이다. 짜식아."

안시혁이 활짝 웃으며 현일을 맞았다.

"기분이 좋아 보이네요?"

"안 좋을 리가 있나. 레오폴드가 완전 효자야, 효자!"

레오폴드는 도쿄 뮤직 소속의 밴드이지만, 1집 앨범인 'Leopold'는 한국에선 한준석이 대표로 있는 레이지 레코드에서 앨범을 찍고 있었다.

앨범도 많이 팔리고, MP3 음원도 많이 팔리니 그야말로 효자였다.

"그럼 퇴근하고 소고기나 먹으러 가죠."

"그거 좋지."

안시혁이 입맛을 다셨다.

오늘은 기필코 70만 원을 넘기고 말겠다는 의지로 가득 차 있었다.

그렇게 즐거운 상상을 하고 있는데, 갑자기 이지영이 허겁지겁 현일을 찾았다.

"오빠!"

"응?"

적잖이 당황한 듯한 표정의 이지영.

무언가 안 좋은 일이 일어난 모양이었다.

"지금 뉴스 봤어요?!"

"무슨 일이야?"

"교육부에서 화이트 사운드를 금지시키겠다는데요?"

"뭐야?"

"뭐라고?!"

안시혁과 현일이 동시에 되물었다.

그에 이지영은 가타부타 말을 늘어놓는 대신에 곧바로 뉴스 기사를 보여주었다.

[각 시의 교육감, '화이트 사운드'의 이용을 규제하다!]

―최근 GCM 뮤직에서 유통하고 있는 집중력 향상 음향물인 '화이트 사운드'. 몇몇 교육감들은 이달부터 화이트 사운드의 이용을 규제하겠다고 밝혔습니다.

서울특별시, OO광역시, XX광역시의 각 교육감들은 학교의 교사들로 하여금 학생들이 화이트 사운드를 사용을 금지시키라는 지침을 내렸다고…….

[화이트 사운드, 그것의 실체는?]

―아직 '화이트 사운드'라고 하는 정체불명의 음향물이 인간의 뇌에 어떤

영향을 미치는지 정확한 규명이 되지 않았습니다. 그런 것을 사용하는 건 어떤 결과를 초래할지 예측할 수 없습니다.

XX시 양 교육감.

'이 인간들이?'

어떤 결과를 초래할지 모른 댄다.

이미 결과는 초래되었다.

전국 수험생들의 평균 성적이 전년도에 비해 상승되었다.

비단 수능뿐만 아니라, 각종 국가시험 같은 것들 말이다.

수험생들의 상향 평준화.

뭐, 그에 따라 '대체 누굴 뽑아야 하나?'같은 이런저런 사소한 부작용이 생기기도 했지만 어쨌거나 저쨌거나 좋은 게 좋은 거 아닌가.

"그런데 대체 누가 이런 짓을 한 거야?"

안시혁의 물음에 이지영이 턱을 짚고 잠시 생각하더니 입을 열었다.

"음… 몇 가지 가설이 있죠. 첫 번째는 교육감님들께서 진심으로 수험생의 건강을 걱정해서! 라거나?"

"웃기고 있네."

현일과 안시혁이 동시에 고개를 가로저었다.

수험생들의 성적이 향상되면 그게 다 그분들의 실적인데 뭐하러 저런 소리를 하겠나.

"아니면 우리를 싫어하는 어떤 업체에서 교육감을 매수해서 화이트 사운드의 판매 실적을 떨어뜨리려는 수작을 부렸다든가?"

"일리 있네. 전국의 열일곱 교육감이 모두 동조했다면 모를까, 일부 시에서만 그런 지침을 내렸다는 것도 굉장히 의심스러워."

특정 지역에서—화이트 사운드를 규제하는— 학생들의 성적이 내려간다면, 그건 고스란히 교육부의 책임이 될 것이다.

'만약 두 번째가 사실이라면 어지간히도 돈을 받아 처먹었겠군.'

"세 번째는… 진짜로 화이트 사운드가 위험하다거나?"

안시혁과 이지영은 동시에 현일을 보았다.

'화이트 사운드를 만든 건 너니 네가 설명을 해보아라.'라고 얼굴에 적혀 있는 것 같았다.

현일이 한숨을 쉬고는 말했다.

"화이트 사운드는 백색소음의 효율을 극대화시킨 것일 뿐이야. 만약 정말로 위험한 거라면 엠씨 써클은 진즉에 시장에서 퇴출이 되었을 거고. 인터넷에 화이트 노이즈라는 것들도 마찬가지지. 일상소음을 녹음한 것인데, 매일 듣고 사는 일상소음이 신체에 악영향을 미친다는 건 '산소를 마시면 수명이 줄어든다'란 소리랑 똑같은 거야."

"초음파는?"

"형. 고래나 박쥐가 초음파로 사람을 죽였다는 소리 들어봤어요?"

"하긴……."

"그럼 두 번째가 가장 유력하단 거네요."

"그럴 수도 있고, 아닐 수도 있지. 그냥 단순한 해프닝일 수도 있으니까. 일단 매출에 직접적인 타격이 있는지 날 잡고 모니터링해 보자고."

현일이 돌아서며 말을 이었다.

"아, 이 일이 끝날 때까지 소고기 회식은 연기야."

교육 쪽은 정말 엄청난 수요를 자랑하는 분야였다.

게다가 작년에 수능이 끝난 수험생들은 대학으로 올라가고, 중학교 3학년 아이들은 고등학교로 진학할 날이 다가오는 시즌.

매년 봄마다 화이트 사운드의 매출이 치솟아 오를 것이 자명한 터인데, 이런 네거티브 마케팅에 분노하는 것은 당연한 일이었다.

이지영의 어깨가 축 처졌다.

"히잉……."

＊　　　＊　　　＊

일주일 후.

"어때요?"

현일이 출근하자마자 안시혁에게 대뜸 물어보았다.

무엇을 물어보는 건지는 말할 것도 없었다.

안시혁은 기다렸다는 듯 대답했다.

"많이 줄긴 줄었어. 사실 쓰려고 하면 독서실이나 도서관이나 어디서든 쓸 수야 있겠지만, 아무래도 의대 교수까지 언론에서 경고를 하니까 학부모들이 불안한가봐."

"나, 참."

"어떻게든 알아보고는 있는데……."

그때, 현일의 전화가 울렸다.

"여보세요?"

─안녕하시오? 작곡가 양반. 나 수박의 오윤석 대표요.

"네, 그런데요?"

─하하하. 첫 통환데 너무 쌀쌀맞은 거 아니요? 요새 GCM 뮤직이 화이트 사운드니 뭐니로 좀 힘든 모양입니다, 그러.

"용건이 뭡니까?"

─크흠, 아무리 비즈니스라고 해도 우리 서로 간에 지킬 게 있고 넘지 말아야 할 선이 있는 것 아니겠습니까? 우리 만나서 이야기 좀 하십시다.

"생각해 볼게요."

─최대한 빨리 결정하시길 바랍니다. 하하하.

현일이 인상의 찌푸려졌다.

전화가 끝나자 안시혁이 물었다.

"누구야?"

"수박의 대표님이시네요."

"역시 그 인간이 범인이었구만? 내가 당장 달려가서……."

현일이 안시혁의 말을 잘랐다.

"아뇨. 그럴 필요 없어요."

"응?"

"혹시 이런 일이 생길까봐 지금까지 아껴뒀던 거니까."

"…뭘?"

현일에겐 비장의 무기가 있었다.

주머니에서 스마트폰을 꺼냈다.

그리고 연락처에서 한 사람의 이름을 찾아 통화 아이콘을 터치했다.

'지금 해도 괜찮으려나?'

몇 번의 신호음이 울린 후, 상대가 전화를 받고 현일에게 안부를 물어왔다.

—아, 오랜만입니다. 작곡가 양반. 일이 너무 바빠 그동안 연락을 드리지 못해 죄송합니다. 요즘은 어떻게, 잘 지내고 있습니까?

왠지 모르게 그의 목소리엔 천금 같은 무게감이 느껴졌다.

현일이 그의 인사를 받았다.

"덕분에 잘 지내고 있습니다만… 한 가지 부탁드리고 싶은 일이 있습니다."

—뭐든 말씀하십시오. 작곡가님의 부탁이라면 발 벗고 나서드려야지요.

현일은 전화 상대에게 자초지종을 설명했다.

—음… 그런 일이. 그럼 어떻게 해드리면 좋겠습니까?

"그냥 마땅한 법의 응징을 받게 해주시면 됩니다. 가능하시겠습니까?"

—난 가능한 한 약속은 꼭 지키려고 노력하는 사람이오. 그쪽이 저에게 해준 일에 비하면 그 정도야 일도 아니지. 그 외에 다른 부탁은 없소?

"없습니다."

—그럼 다음에 뵙시다.

과연 이 사람과 얼굴을 마주할 날이 또 있을까.

"예, 감사합니다."

현일이 덧붙였다.

"각하."

안시혁이 멍한 얼굴로 현일을 쳐다보았다.

철혈(鐵血)의 독재자가 아닌 이상에야 한 국가의 원수라고 해서 나라를 제 맘대로 할 수는 없다.

그러나 무소불위의 권력까진 아니더라도, 대통령이 국가기관이나 기업 하나 족치는 건 마음만 먹으면 얼마든지 가능한 일이었다.

오윤석 대표가 비릿한 미소를 지었다.

'흐흐흐, 신생 플랫폼이 생긴 것만 해도 눈꼴 시린데, 뭐? GCM 뮤직? 감히 네놈들이 수박의 아성을 넘봐?'

얼마 전, 그는 각 시의 교육감과 의대 교수들에게 뇌물을 먹였다.

GCM 뮤직의 이미지에 타격을 입히고 매출을 깎아내리기 위해서 말이다.

실제로 그 효과는 제법 의미가 있는 수준이었다.

불매운동까지는 기대도 안 했지만, 인터넷에서 화이트 사운드가 건강에 악영향을 초래할 수 있다는, 매수된 전문의들의 의견이 삽시간에 퍼져나가고 있는 것이었다.

심지어는 GCM 뮤직에서 유통되는 다른 노래들도 무언가 악영향을 끼칠지 모른다는 말도 안 되는 괴담까지 떠돌아다녔다.

그러니 오윤석 대표의 입이 귀에 걸릴 수밖에.

"나 빼고 다 망해 버려라. 크하하하하!"

만약 그렇게 된다면, 어떤 식으로 기획사들에게 갑질을 해야 잘했다고 소문이 날까.

벌컥!

"……?"

오윤석 대표가 그렇게 즐겁고도 행복한 상상의 나래를 펼치고 있을 때, 갑자기 회사 안으로 웬 정장을 빼입은 사람들이 들이닥쳤다.

그리고는 회사 내의 각종 서류와 문서, 컴퓨터의 하드 드라이브까지 죄다 압수하기 시작했다.

오윤석 대표는 자리에서 벌떡 일어나 소리쳤다.

"뭐야?! 당신들 누구야?"

그 물음에 호응(?)하듯 한 사내가 다가와 검찰청 신분증을 들이밀었다.

"오윤석 씨, 당신을 공정거래법 위반 및 뇌물 수수, 불법적 조세 회피, 그리고……."

기타 등등의 혐의로, 형사소송법 제200조 3항에 따라 긴급체포 하겠다고 얘기해 주었다.

"무… 무슨 소리요……?! 난 그런 짓 안 했습니다!"

"그건 조사해 보면 다 알게 될 일이겠죠. 끌고 가!"

"예!"

"네!"

그 외에도 오윤석과 뜻을 함께한 수박의 임원진들 몇몇도 같이 끌려 나가는 것이 그의 눈에 들어왔다.

"아악! 대표님! 이게 도대체 어떻게 된 일입니까?!"

"나도 몰라, 씨팔!"

"절대로 안 들킨다고 걱정 말라고 하셨잖아요! 예? 저 처자식은 어떡합니까!"

"뭐, 뭣?! 그 입 안 닥쳐?!"

"그때 말했던 거 진짜죠? 걸려도 빼내줄 수 있다고 하신 거! 믿고 있겠습니다! 대표님!"

"닥치라니까!"

당연히 거짓말이었다.

자신은 빠져나갈 구멍이 있기는 하다.

다만 그 과정에서 제 대신 잡혀 들어갈 흑기사가 필요할 뿐.

측근을 끌어들인 건 그저 미끼가 필요했을 뿐.

그 이상도 이하도 아니었다.

하여튼 그렇게 밖으로 끌려 나가니, 오윤석 대표는 영원히 잊을 수 없을 얼굴의 주인공을 볼 수 있었다.

"G… GCM!"

현일이 검사에게 다가와 잠시만 오윤석과 이야기할 시간을 내달라고 부탁하자, 곧 검사는 고개를 끄덕였다.

"다, 당신이… 여긴 왜……?"

"그냥 인연이 좀 있었습니다. 오 대표님."

오윤석 대표가 눈을 부릅뜨고 현일을 노려보았다.

"내가 없어지면 자네가 잘될 것 같은가?! 로열 더 케이의 대표는 나보다 더 하면 더 했지. 절대 자네 뜻대로 되지만은 않을 거라고!"

현일이 인상을 찡그렸다.

오윤석 대표는 이내 비릿한 미소를 지었다.

"하하하하… 내가 이대로 무너질 것 같나? 어차피 증거 불충분으로 풀려날걸? 어? 임마! 내 동생이 누군 줄 알아?! 오윤호 서울중앙지검장이야 이 핫바리 짭새 새끼들아!"

그가 사방팔방으로 소리를 질러댔다.

자신도 나름 뒷배경이 있다 이거였다.

"그래서 오 대표님이 그런 무모한 짓을 벌일 깜냥이 있었던 거군요."

"무모한 짓이라니? 난 아무 짓도 안 했어!"

"근데 그렇다면 참 희한하네요. 동생분이 멀쩡히 서울중앙지검장 자리에 앉아계신데, 왜 검사님들께서 여기에 와계시는 걸까요?"

"어……?"

듣고 보니 이상했다.

'오윤호 그 녀석이라면 이 잡것들이 내 회사를 들쑤시고 다니게 놔둘 리가 없을 텐데……?'

현일은 말없이 종이 하나를 꺼내 그의 얼굴 앞으로 들이밀었다.

"이게 뭐……? 말도 안 돼……."

오윤석 대표의 얼굴이 경악으로 물들었다.

"이미 수박을 인수하는데 필요한 지분도 여기저기에서 모으고 있고요, 로열 더 케이의 대표님께서는 대부분의 지분을 저희에게 팔기로 결정하셨습니다. 사태를 잘 인지하고 계신 거지요."

"그럴… 수가……."

수박의 대표가 감옥에 갔다는 사실이 일파만파 퍼지면 주가가 폭락하는 것은 당연한 수순.

그렇게 되기 전에, 한준석이 로열 더 케이의 대표와 협상하여 비교적 싼 값에 수박을 인수할 수 있었다.

오윤석 대표의 눈이 초점을 잃어갔다.

"수박으로 시장을 독과점하겠다는 오 대표님의 꿈. 제가 대신 이뤄 드리겠습니다."

현일이 발걸음을 돌리기 전에 마지막으로 말했다.

"물론 수박이 아닌 GCM 뮤직이라는 이름으로 바뀌겠지만요. 대신이라고 하긴 뭐하지만, 국가의 은팔찌 정도면 괜찮은 거래겠지요?"

"이… 이이이……! 으아아아아아아아아!!!"

"그럼 이만. 교육감님들과 교도소에서 즐거운 겸상하시기를. 아, 참! 동생분께도 안부 전해주시고요."

"안 돼애애애애!!!"

몸부림치는 오윤석 대표를 형사들이 연행했다.

*　　　　　*　　　　　*

그 이후의 일은 잘 처리되었다.

뇌물을 먹은 교육감들은 죄다 구속되었고, 그 외에도 관련돼 있던 사람들을 속속들이 찾아내어 줄줄이 연행했다.

검찰청에서도 소위 '오윤호 라인'이라 불리는 인원들이 죄다 물갈이 되었다는 말도 들리고.

그래도 남아 있는 화이트 사운드에 대한 괴담… 아니, 개소문이 사그라들지는 않았지만, 그것도 시간이 해결해 줄 문제였다.

당장 바로 옆의 학생이 자신을 치고 올라오는데, 그깟 소문 따위가 귀에 들어오겠는가.

비록 수박을 인수하는 과정에서 엄청난 돈을 쏟아붓긴 했지만, 이제 GCM 뮤직의 시장 점유율이 70%를 넘겼다는 것은 대단히 고무적인 일이었다.

최근에 GCM 엔터를 두고 사람들이 부르는 별명이 생겼다.

소수 정예.

이제는 명실상부 메이저 기획사가 된 GCM 엔터.

여타 메이저 기획사와 비교하면 소속 가수가 상당히 적다.

그러나 GCM 엔터에서 데뷔한 가수는 언제나 대히트를 쳤다.

그런 만큼, GCM 엔터에 들어오고 싶어 하는 연예인 지망생이 넘쳐났다.

"그런데 왜 우린 오디션을 안 하는 거냐? 나야 가수가 적으면 일거리도 적어서 좋긴 하지만. 하하하."

안시혁의 물음이었다.

"그럼 할까요?"

"그냥 물어본 것뿐이야. 굳이 하자는 얘기는 아니고!"

"수박은 어때요?"

"열심히 사이트 개편 회의 중이지. 일단 수박의 도메인부터 GCM 뮤직으로 이전시키는 방안이 검토 중이야. 넌 어떻게 생각해?"

"시혁이 형이 알아서 해주세요."

그러라고 줬던 자리니까.

"주가는요?"

"다행히 현 대통령께서 잘 통제해 주고 계신 덕분에 언론이나 인터넷에서 오윤석 대표나 수박 매각에 대한 얘기는 거의 찾아 볼 수가 없더라."

"그래요?"

"응. 한창 교육부와 검찰청의 비리 스캔들로 시끄러워서 묻히는 감도 있고. 그래도 조금씩 떨어지고는 있어. 암암리에 얘기가 도는 건 어쩔 수가 없지. 그 와중에도 오윤석 대표의 신원은 철저히 가려지고 있더라고."

"으음……."

현일이 침음을 흘렸다.

떨어지는 주가를 걱정하는 것이 아니라, 한준석의 혜안에 대한 감탄이었다.

그의 말이 거의 다 들어맞았으니까.

또한, 한준석 사장은 수박을 흡수하고 안정되기까지 그 정도면 충분할 거라고도 했었다.

'원래 대통령 각하의 빛은 SH 엔터와 대적할 일이 생기면 쓰려고 했는데.'

오윤석 전(前) 대표가 뜬금없이 자충수를 둔 덕분에 오히려 일이 훨씬 더 잘되었다.

이제 SH는…… 아니, 대한민국의 그 어떤 연예 기획사도

GCM 엔터에, 그리고 GCM 뮤직에 감히 대적할 수 없을 것이다.

그것이 음원 유통 플랫폼 시장 점유율 70%의 힘이니까.

이미 여타 플랫폼 모두 음원 서비스 가격을 일제히 내린 것만 봐도 그 사실이 증명된 거나 마찬가지였고 말이다.

"아무튼, 아까 오디션 얘기로 돌아가면 저는 이대로가 딱 좋다고 생각해요."

"그래? 어째서?"

"저도 오디션에 대해 많이 생각해 봤는데, 아직은 시기상조인 것 같아요. 지금 사실상 작곡은 거의 다 제가 하고 있잖아요?"

"그렇지."

"그러니까, 나중에 가수가 더 많아지더라도 작곡은 저하고 팀 3D, 그리고… 저한테 작곡을 배운 사람."

안시혁이 고개를 갸웃거렸다.

"너 제자가 있었어?"

"없어요. 아직은. 근데 한 명 키워볼까 생각하고 있는 사람은 있어요."

"누구?"

＊　　　　＊　　　　＊

현일의 작업실.

"자, 음악 이론. 제1장. 스케일 개론……."

현일은 성심성의껏 꿈나무에 물을 뿌려주었다.

아이돌은 직업 수명이 짧으니, 작곡을 배워두면 빠르게 은퇴를 해도 길이 있을 테니까.

"스케일이란, 음을 높이의 차례대로 배열한 음의 층계로써……."

레오폴드의 류이치나 신지처럼 천재를 바란 건 아니었지만, 내심 어느 정도의 기대감은 갖고 있었다.

그러나…….

"힝… 무슨 소린지 하나도 못 알아듣겠어요……."

"채린아, 이거 되게 기초적인 거야."

"그치만 너무 어렵단 말이에요."

김채린이 입술을 삐죽였다.

"그렇게 투정부린다고 어려운 게 쉬워지진 않아."

"우리 밥부터 먹고 해요."

"이거 익히기 전엔 안 돼."

"……."

그녀는 단지 작곡만을 배우기 위해 가르쳐 달라고 한 것이 아니었기에, 엄한 선생님처럼 단호하게 말하는 현일이 야속했다.

'이런 걸 기대한 게 아니었는데…….'

그래도 할 말은 없었다.

열심히 하겠다고 약속한 건 바로 자신이었으니까.

'이 열등생을 어떻게 가르쳐야 좋을까.'

잠시 고민하던 현일이 책을 덮었다.

신시사이저 앞에 앉고, 김채린을 옆에 앉혔다.

두근.

이거였다.

바로 이것이 그녀가 원했던 그림이었다.

피아노(는 아니지만)를 치며 어려워하는 부분을, 자신의 뒤에서 백허그를 하듯이 등을 감싸 안고 손을 이끌어준다.

그리고…….

"집중해."

"네."

"고리타분한 설명은 빼고, 감각적으로 접근해 보자."

"…어떻게요?"

현일이 신시사이저의 건반을 눌렀다.

다른 악기가 전혀 섞이지 않은 피아노 본연의 소리.

♫~

"이 노래가 뭔지 알겠어?"

"당연하죠. 저희 2집 수록곡이잖아요."

"불러봐."

"네?"

"일절만 불러보라고."

"크흠! 이젠~ 다시 돌아올 수 없는 길을 건너……."

현일은 후렴구 직전에서 연주를 멈췄다.

연주라고 해봐야 별것 없었지만.

"어땠어? 내 연주."

김채린이 고개를 갸웃거렸다.

"음… 그냥 계속 같은 음을 반복했던 것 같은데요. 미미미 미 레 미미미였나?"

"그런데도 노래 부르는 덴 전혀 어색함이 없지?"

"네, 그러네요."

"화음은 이렇게 찾아가는 거야. 피아노로 틀을 짰으면, 베이스, 드럼, 기타, 보컬 등등으로 피아노와 어울리는 음을 만들어 가고… 무슨 말인지 알겠어?"

"아하, 알겠어요!"

다행히도 교수법을 바꾸자, 김채린은 어렵지 않게 배워갔다.

그렇게 시간이 흐를수록, 그녀는 알아가는 재미를 깨닫고 어느새 본연의 목적(?)도 잊어버린 채 작곡의 세계로 흠뻑 빠져들었다.

"오늘 수업은 여기까지. 내가 가르쳐준 거 잊어먹지 말고, 이론서도 틈틈이 읽어 봐. 무엇보다 음악을 많이 들어보는 게 제일 중요해."

"네, 작곡가님!"

김채린은 기분 좋은 발걸음으로 작업실을 나섰다.

그리고 그때서야 깨달았다.

'앗! 이게 아닌데…….'

그렇게 누군가는 평온한 시간을 보내고 있을 무렵.

누군가는 심장이 철렁 내려앉았다.

[…엔터테인먼트의 신흥 걸 그룹 '세컨드', 레이지 레코드에서만 앨범 독점 발매!]

홍보 배너를 읽고 있는 날아라 레코드의 차 대표.

모니터가 아니라 신문이었다면 갈기갈기 찢어버렸으리라.

GCM 엔터테인먼트는 MP3 음원만으로는 만족하지 못했는지, 실물 음반 시장 점유율도 매서운 속도로 장악해 나갔다.

GCM 뮤직에서 적극적으로 밀어주겠다는 조건으로 음반을 오로지 레이지 레코드(Rage Records)에서만 찍겠다고 계약한 기획사가 점점 늘어나고 있었다.

그야말로 분노(Rage)의 질주.

"젠장할!"

그놈의 점유율이 뭔지.

당장은 날아라 레코드에서 판매한 앨범이 음악 방송 차트 집계 점수가 높기 때문에 일부 아이돌 그룹의 열혈 팬들이 날아라 레코드에서만 사주기는 한다.

그렇게 어찌저찌 버티고는 있지만, 이대로라면 날아라 레코드가 장사 접어야 되는 건 시간문제일 터.

차 대표는 급히 SH 엔터의 이성호 사장에게 연락을 취했다.

—뭔가?

"레이지 레코드가 우리 시장을 점유하고 있는데, 어떻게 하면 좋겠나?"

잠시간의 침묵 후에 대답이 들려왔다.

—…나도 모른다.

"뭐라고?"

—나도 모른다고 했어.

"모른다고 하면 단가!"

—흐음… 음반 회사끼리의 경쟁은 자네가 알아서 해야 할 것 아닌가? 근데 왜 나한테 묻는 건가?

이성호의 목소리에서 귀찮다는 티가 팍팍 묻어났다.

"그럼 우리 회사는 어쩌란 말인가?!"

—내가 그걸 어찌 알겠나?

차 대표가 입술을 질끈 깨물었다.

"정 그렇게 나오겠다 이건가? 옛 은혜는 어디다 갖다 팔아먹었나?"

—…….

차 대표에겐 폭탄이 있다.

터지면 날아라 레코드가 쫄딱 망하는 건 당연한 거고, SH까지 적잖은 타격을 입을 수 있는 폭탄이.

이성호가 한숨을 쉬었다.

안 그래도 요즘 GCM 뮤직 때문에 날마다 머리가 터져 버릴 것 같은데 이젠 옛 동료에게 뒤통수 찍히는 것까지 살펴봐야 한다니.

—후… 잠깐만 기다려 보시게. 차 사장.

"흐흐흐, 그렇게 나오셔야지. 서로 좋게좋게 가자고."

—단, 도와주는 건 이번이 끝이다. 다음에도 같은 협박이 통할 거라 생각하지 말게나.

"흥."

*   *   *

SH 엔터테인먼트.

"빌어먹을 놈."

이성호는 수화기를 거칠게 내려놓았다.

옛날, SH 엔터가 날아라 레코드보다 작은 회사였던 시절에 이성호 사장은 차 대표에게서 많은 도움을 받았었다.

그리고 그때 차 대표가 작성한 모종의 '장부'는 아직 그의 손에 고스란히 남아 있었다.

경쟁.

다른 기획사들을 짓밟고 올라서기 위해 필요했던 더러운 짓들.

그때야 승승장구하고, 회사가 커가는 것을 보면서 마음의 짐을 덜어낼 수 있었지만, 지금 와선 후회만 남기게 되었다.

예전부터 어떻게든 그 장부를 손에 넣기 위해 많은 수를 써봤지만, 아무리 애를 써 봐도 차 대표는 그 장부를 넘겨주지 않았다.

'그걸 하필이면 이 타이밍에……'

최악의 타이밍이다.

현재 연예 기획사의 절반은 GCM 뮤직에 줄을 서고 있고, 절반은 눈치만 보고 있었다.

개중에는 이따금 자기도 플랫폼을 만들어보겠다거나, 예전에 만들었던 플랫폼을 다시 살려보겠다고 하는 회사도 있지만, 그 누구도 신경 쓰지 않았다.

다 시작하자마자 순조롭게 망해가고 돈만 버리고 있는 실정이니까.

그리고 그런 부류는 십중팔구 잽싸게 GCM 뮤직에 달려가 고개를 숙였다.

그렇다며 SH 엔터는?

'대체 어떻게 해야 된단 말인가?'

이성호는 한동안 잠잠했던 편두통이 다시 도지는 것이 느껴졌다.

얼른 진통제 두 알을 삼키고는 관자놀이를 꾹꾹 짓눌렀다.

아마 GCM 엔터 때문에 제 명에 못 살 것 같았다.

그러던 그의 뇌리에 누군가의 이름이 스쳤다.

'…그놈을 다시 부를까?'

'그놈'은 정말 최후의 최후에만 써야 하는 수단이었다.

그만큼 두 번 다시 엮이고 싶지 않은 인간이지만, 딱히 다른 방도가 떠오르지 않았다.

'어쩔 수 없지.'

이성호는 사람을 불렀고, 곧 비서가 집무실에 들어와 목례를 했다.

"예. 무슨 일이십니까? 사장님."

"우태헌을 불러주게."

비서의 눈이 대번에 커다래졌다.

"그 인간을요?"

"일이 있어서 그래. 그냥… 이유는 묻지 말고 연락부터 해."

"…알겠습니다."

*　　　　　*　　　　　*

"아이고 어쩐 일이십니까? 이 사장님. 이게 대체 몇 년 만인지 모르겠습니다. 그간 강녕하셨습니까?"

단추 두어 개가 풀려 있는 넥타이 없는 양복.

두 소매 밖으로 살짝 보이는 검녹색의 문신은 그가 무슨 업종에 몸을 담고 있는지 한눈에 봐도 알 수 있게 해주었다.

그가 이성호의 집무실을 둘러보며 말했다.

"그 쪼매났던 회사가 이렇게 으리으리한 빌딩 한 채를 다 쓰고 있는 걸 보니 감회가 참 새롭습니다. 사장님."

"쓸데없는 인사치레는 됐다. 네가 해줄 일이 있어서 불렀어."

양팔을 소파 등받이에 걸치고 다리를 꼬면서 거만하게 앉아 있던 우태헌이 자세를 바로하고는 허리를 앞으로 숙여 고개를 내밀었다.

"뭐든지 말만 하십쇼. 저희가 사장님의 근심걱정 다~ 덜어드리겠습니다."

조폭과 연결되어 있는 연예 기획사는 은근히 있다.

단지 메이저 기획사는 그런 경우가 거의 없지만, SH 엔터는 그 중 하나였다.

비록 오래 전에 손절을 했다 해도 실타래를 완전히 끊어버릴 수는 없는 법이었다.

마치 날아라 레코드처럼.

그런 면에서 우태헌은 이성호가 아는 한, 이 비닥의 최고 실력자였다.

'그 시절'부터 지금껏 멀쩡히 영업을 하고 있는 것만 봐도 증명된 셈이었다.

'대기업과 연결되어 있다는 소문도 있고 말이지……'

이성호 사장이 입을 열었다.

"2억이면 되나?"

"그야 시키시는 일에 따라 다르지요."

"그렇다면 단도직입적으로 묻지. 한 명 덮으려면 얼마나 필요하나?"

"에헤이~ 사장님 거 참 되게 무서운 말씀을……"

능청스레 대답하는 우태헌의 말이 잘렸다.

"잡설은 집어치워. 안 그래도 머리가 깨질 지경이니까. 스트레스 받고 싶지 않군."

"흠… 그런데 말입니다. 이 사장님."

그의 말투가 사뭇 진지해졌다.

"저희가 최근에 오윤호 지검장이 구속되면서 그 밑에 있던 우리 뒤를 봐주던 검사 양반 옷이, 이 엄동설한에 홀라당 벗겨져버려서 말입니다. 이쪽저쪽 입막음이라도 시키려면 자금이 꽤 많이 들 겁니다."

"…4억?"

우태헌은 이성호가 두 배 높게 부른 금액에도 아랑곳하지 않고 자기 할 말을 이어나갔다.

"그 때문에 저희가 위험부담이 너무 커서 지금 몸을 사리고 있기도 하고, 또 대상의 신분에 따라 가격이 많이 차이가 납니다. 또, 의뢰 완수 기간이 짧을수록 더 높아지고요. 아무래도 준

비할 게 너무 많으니까."

그는 그렇게 말하고는 살며시 손가락 하나를 펴보였다.

"…알았다. 주지."

"의뢰 대상은?"

이성호가 잠시 눈을 감고 생각에 잠겼다.

'…GCM 작곡가?'

아니… 아니다.

이성호 본인은 헛소문일거라 치부했지만, 일각에서는 현일이 청와대와 연줄이 있다는 찌라시가 돌았다.

'만약 그게 사실이라면……'

너무 위험부담이 클뿐더러, GCM 엔터의 작곡가가 하나 사라진다고 해서 GCM 뮤직이 사라지진 않는다.

아니, GCM 뮤직이 사라지면 오히려 그게 더 문제다.

GCM 뮤직이 저작권자에게 많은 비율을 할당하긴 하지만, 그나마 양심이라도 있지 네버 뮤직이 시장을 잡아먹으면 답이 없다.

'…차 대표, 그 인간만 없으면……'

'장부'가 세상에 나올 일은 없어질 것이다.

애초에 지금 저 우태헌의 얼굴을 보게 된 원인도 그 인간 때문이 아닌가?

더군다나 차 대표는 '옛 정'이라는 이름으로 장부를 들먹이며 SH를 참 많이도 등쳐먹었다.

"날아라 레코드의 차 대표. 가능하겠나?"

우태헌이 비릿한 미소를 지었다.

　　　　　*　　　　　　　*　　　　　　　*

GCM 엔터테인먼트.

안시혁이 명단을 읊었다.

"Y&K, 이지스, MK, JTY, 컴앤컴, 뉴 프로, 티 제네레이션, 솔리스 외 여섯 개 업체가 이번 주에 독점 계약을 체결했고, 다음 주엔 BNM미디어하고… 하여튼 열다섯 개 업체가 예약이 되어 있어. 이대로면 점유율 80퍼센트도 금방 찍겠는데."

독점이면 GCM 뮤직에서밖에 음원을 다운받을 수가 없으니, 자연스레 GCM 뮤직으로 이용자가 몰릴 테니까.

현일이 검지와 중지를 펼쳤다.

"대배너 광고는 한 업체당 하나씩. 이틀 동안 걸어주시고, 계약의 형태에 따라 우선순위가 바뀔 수 있다는 것도 미리 언질해 주시고요."

"알았어. 완전 독점이 일순위지?"

"당연하죠. CL E&M은 아직 차례가 안 돌아왔나요?"

"지지난주에 했잖아."

"연락 넣어 봐요. 루나 더 맥스 대배너 첫 번째 탭으로 띄워주겠다고. 삼일 동안."

"응? 왜?"

"제가 좋아하는 그룹이니까요."

"참 내. 알았어."

"다음 달 첫 주에 MMF랑 레오폴드 동시 배너 한 일주일 걸고요."

"그래, 그래. 아, 맞다. 데이드림 엔터가 일주일 걸어주면 안 되냐고 징징거리는데, 어쩔까?"

"어떤 가수요?"

"드림걸스 하나 있는 데잖아."

"경력은?"

안시혁이 데이드림 엔터의 공식 홈페이지를 들어가서 경력을 줄줄이 읊어주었다.

"걸어줘요."

"…진짜로?"

"밑에. 소 배너로."

"오케이."

"그걸로 또 징징거리면 소 배너도 내려 버리겠다고 하세요."

"이거 완전히 갑의 횡포구만?"

"GCM 뮤직의 소유주로서 정당한 권리예요."

"그렇게도 말하지."

"근데 독점계약 안 하겠다고 버티던 기획사들은 어떻게 됐어요?"

"네버 뮤직에 붙은 데도 있고, 간보고 있는 회사도 있는데 얼마 못 버틸 것 같아."

소속 가수들한테 항의 들어오지, 경제적 항의도 들어오지.

언제까지고 눈치만 보고 있을 수는 없을 것이다.

"실물 음반 쪽 점유율은 어떤가요?"

"날아라 레코드도 조만간 제칠 것 같고… 그건 한 사장님께

물어보는 게 더……."

그러던 안시혁이 무언가 생각났다는 듯 손뼉을 쳤다.

"아, 맞아! 너 그 소식 들었냐?"

"무슨 소식이요?"

"날아라 레코드 사장이 실종 됐다던데?"

"그래요?"

"응."

"안 됐네요."

안 되기는.

오히려 잘 됐다는 생각이 들었다.

SH의 이성호나 날아라 레코드의 차 대표나 둘 다 똑같은 놈
들이었다.

"뭐, 다른 특별한 소식은 없고요?"

"없어."

"그럼 전 이만 퇴근할게요."

"그래. 난 남아서 '나 혼자' 야근할게."

"수고하세요."

"……."

＊　　　　　＊　　　　　＊

현일은 엘리베이터에 올라 7층을 꾹 눌렀다.

엘리베이터의 문이 닫히기 직전, 누군가 후다닥 달려왔다.

"잠시만요!"

현일은 열림 버튼을 눌러 엘리베이터의 문을 다시 열어주었다.

이내 여학생 한 명이 꾸벅 고개를 숙이며 탑승했다.

"휴, 감사합니다."

'고등학생이네.'

현일이 살고 있는 아파트 주변에서 종종 보이곤 하는 교복이었다.

그녀는 8층을 눌렀다.

'8층에 사람이 살았던가?'

아마 최근에 이사를 온 모양이었다.

'내가 일본에 있을 때 왔겠지, 뭐.'

엘리베이터가 올라가는 동안, 8층의 여고생이 연신 현일의 얼굴을 흘깃거렸다.

현일은 자신을 알아봐서 그런 건가 싶었으나 아무래도 그 때문은 아닌 것 같았다.

눈빛이 다르다고 해야 할까.

긴가민가 하는 표정이라기 보단, 뭔가 눈치를 보는 얼굴이었다.

그렇다면 왜일까.

곧, 7층에 다다르자 그녀가 조심스럽게 입을 열었다.

"저기……."

"……?"

"혹시 7층에 사세요?"

"네."

그러니까 7층에 내렸지.

"저……"

학생은, 입술을 오물거리다가 갑자기 고개를 숙였다.

"죄송해요!"

"…응?"

Chapter 4
피아니스트

갑자기 죄송하다니.

"뭐가요?"

여학생이 고개를 들고 말했다.

"저희가 최근에 이사를 왔거든요. 제가 피아니스트 지망생이라 집에서 업라이트 피아노를 연습하고 있어서요……. 많이 시끄러웠죠?"

현일은 일본에서 돌아오고 집에서 피아노 소리가 들린 적이 있나 생각해 보았다.

"아니요."

"정말 죄송합… 네?"

"안 시끄러워요. 계속 연주하세요."

"정말인가요?"

"네. 제가 방음 부스 안에서 거의 살다시피 해서요. 밖에서 전쟁이 나도 저한텐 안 들려요."

"아아~!"

그녀가 감탄하고는 현일을 선망하듯이 바라보았다.

'방음 부스… 나도 갖고 싶다……. 그럼 진짜진짜! 열심히 할 수 있을 텐데.'

그것만 있다면 더 이상 '시끄러워 죽겠으니까 피아노 좀 치지 말라'는 이웃들의 민원이 들어올 일은 없을 테니까.

피아니스트 지망생에게 피아노를 치지 말라는 건 수험생에게 공부를 하지 말라는 것과 똑같았다.

하나 차이가 있다면 공부를 하면 누구나 칭찬을 받지만, 피아노를 치면 누구에게나 욕을 먹는다는 것.

현일이 엘리베이터의 열림 버튼을 가리켰다.

"그거 계속 누르고 있을 거예요?"

"…아, 참! 죄송합니다! 아, 아니. 아무튼 감사합니다!"

"네, 들어가세요."

"네!"

그 이후, 현일은 쉬기도 할 겸, 방음 부스에 들어가지 않고 위층에서 피아노 소리가 들릴 때까지 하릴 없이 기다려봤다.

♫~

한 시간쯤 기다리니 이윽고 피아노 치는 소리가 들려왔다.

아마 한 시간은 저녁을 먹고 씻는 시간이었으리라.

'이 곡이… 쇼팽의 환상곡(Op.49)이었나?'

현일은 클래식을 특별히 좋아하거나 하는 건 아니었지만, 참

고삼아 많이 들어봤기에 어느 정도 알고 있었다.

'쉽지 않을 텐데.'

세계 3대 피아노 경연 대회중 하나인 쇼팽 국제 콩쿠르에서도 심사용으로 쓰일 정도로 어려운 곡이기도 했다.

'과연?'

아니나 다를까.

댕~!

실수를 했는지 피아노를 내려친 모양이었다.

'저러니 민원이 들어오지.'

잘 치면 모를까.

최근에 이사를 온 것도 이웃 주민들의 민원 때문이 원인이었으리라.

아무튼 그녀는 다시 처음부터 연주를 시작했다.

그리고 얼마나 시간이 흘렀을까.

'여기다, 여기!'

댕~!

몇 번 듣다 보니 어느 구간에서 자꾸 실수를 하는지 대강 파악이 되었다.

"쯧쯧쯧……."

계속 똑같은 곳에서 실수를 하는 걸 보니 아마 그 파트가 환상곡에서 가장 어려운 파트이지 싶다.

'아니면 본인의 콤플렉스 파트거나.'

그 뒤로는 세 번 정도 더 시도를 하더니, 두 번 실패하고는 세 번째에서는 갑자기 연주를 멈췄다.

더 이상 피아노 소리가 들리지 않은 걸 봐선 오늘 연습은 끝이 난 모양이었다.

현일은 소파에 누워 천장을 바라보았다.

저 벽 위에는 아까 보았던 그 소녀가 골머리를 싸매고 있을 것이다.

"열심히 해라."

운 좋게 좋은 이웃을 만났으니까.

들을 수 있는 사람은 아무도 없겠지만 왠지 그렇게 말해주고 싶었다.

*　　　　　*　　　　　*

다음 날.

오늘도 회사에서 특별한 것 없는 일정을 보내고 집으로 돌아왔다.

1층으로 내려온 엘리베이터에서 익숙한 얼굴이 보였다.

"어? 안녕하세요."

어제 봤던 그 학생이었다.

"연습이 잘 안 되나 봐요?"

"…네. 감사하게도 허락해 주셨는데… 옆집에서 민원이 들어와서요……."

그녀의 어깨가 축 처졌다.

"학원은 안 다니시고?"

"다니다가 그만뒀어요. 학원비가 너무 부담돼서요."

"흐음……."

현일은 매우 큰돈을 벌었고, 지금도 그렇지만 비싸고 넓고 시설 좋은 집은 필요가 없어서 적당히 회사와 가까운 투 룸을 마련했다.

집이 아무리 넓어봤자 남자 혼자 사는데 쓰레기장밖에 더 되겠는가.

현일은 잠시 생각하다가 입을 열었다.

"그럼 저희 연습실로 오세요."

"네?"

"여기서 별로 안 멀거든요. 시설도 꽤 좋고, 그랜드 피아노도 있어요."

"그, 그랜드 피아노요?"

"네."

그녀의 눈동자가 빠르게 여기저기로 굴렀다.

귀가 솔깃한 모양이었다.

"하지만… 저희가 월세 내는 것도 좀 빠듯해서요 그래서 피아노 학원도 다니다가……."

그녀가 말끝을 흐렸다.

그랜드 피아노가 있는 학원은 별로 많지 않다.

가격도 고급 외제 차를 호가하는데다가 부피도 많이 차지해서 정말 웬만큼 큰 학원이나 연습실이 아니면 없다.

하지만 콩쿠르에서 그랜드 피아노를 사용하는 만큼, 그랜드 피아노만의 감각을 익혀놓을 수 있다면 타 경쟁자에 비해 대단히 강점을 가지는 것이다.

그렇기에, 더욱이 연습실의 대여비가 벌써부터 부담되는 행색이었다.

"학원비는 얼마였어요?"

"삼십오만 원이요."

"그럼 십만 원만 내."

공짜로 해줄 수도 있지만, 돈을 내야 학생도 마음이 편할 것이다.

공짜로 다니면 괜히 다른 사람들 눈치만 보고 있지 않겠나.

또한, 돈이 아까워서라도 더 열심히 할 것이고.

"그래도 되나요?"

"어차피 지금 그랜드 피아노 쓰는 사람이 없어서."

"그렇군요. 근데… 그 그랜드 피아노 모델이 뭐에요?"

사실 그랜드 피아노 자체가 없다.

"그러니까… 피아노 이름이… 뭐였더라?"

현일은 슬쩍 스마트폰을 꺼내 피아노를 알아보는 척 하면서 이지영에게 연락을 취했다.

—지영아. 연습실 비는 곳에 그랜드 피아노 하나 좋은 걸로 갖다놔 줘. 피아노 강사도 알아보고.

문득 류이치의 연습실에 있던 피아노가 생각나 대충 그걸로 둘러대었다.

그러자 그녀의 눈빛이 초롱초롱해졌다.

"와……."

이내 결심한 듯 그녀의 입이 열렸다.

"정확히 위치가 어디에요?"

"내일 가볼래?"

    *   *   *

 듣자하니 은가은(8층에 사는 피아니스트 지망생의 이름이었다)은 이웃들의 민원으로 여러 번 집을 옮겨 다녔다고 한다.

 방음 부스를 사려고도 해봤지만, 부모님 없이 언니와 둘이서 만 사는 처지에 집 월세만으로도 부담스럽다는 모양이었다.

 "그리고 어떻게든 차곡차곡 돈을 모으면 꼭 그 때마다 돈이 나갈 일이 생기더라고요. 에휴……."

 "그것 참 안타깝네요. 아무튼 이제 그런 고민은 안 해도 됩니다. 다 왔어요."

 "그래요? 근데 뭐라고 불러야 할지……?"

 "아저씨만 아니면 됩니다."

 "아… 네. 그보다 어디 있는 건물이에요? 아, 말 편하게 하셔도 돼요."

 은가은의 물음에 현일이 어딘가를 가리켰다.

 "그럴까? 바로 저기 있어."

 그러자 은가은이 무슨 소리를 하냐는 듯 현일을 보았다.

 "네? 저건 GCM 엔터테인먼트의 사옥이잖아요?"

 "응."

 "……?"

 건물 정문 앞, 마당에는 큼직한 사각형의 크리스털 글라스에 'GCM Ent.'라는 글씨가 붉은색으로 각인되어 있었고, 유리창 너머로 보이는 1층은 벽 여기저기에 GCM 소속 가수들의 사진이

걸려 있었다.

'웬 이상한 사람한테 속은 건가? 뭐 이런 사람이 다 있지?'

아무리 봐도 자신이 연습실로 쓸 만한 곳은 아니었다.

현일이 입을 열었다.

"저기가 바로 '내' 작업실이야."

"……?!"

그녀는 말없이 현일을 쳐다보았다.

그리고 이내 눈이 동그래졌다.

"그럼… 혹시 현일 오빠가 저 회사의 가수예요?"

"아니, 작곡가지."

현일은 발걸음을 옮기며 말을 이었다.

"예명은 GCM이고."

"헐……! 말도 안 돼!"

진짜 자신이 알고 있는 그 작곡가가 맞는 건가?

어째선지 어디서 본 것 같다는 느낌이 들긴 했다.

'그냥 이웃이라서 그런가보다 했는데……'

그런데 아랫집 오빠가 한창 세간에 떠들썩한 GCM 작곡가였다니.

그녀는 직접 두 눈으로 보고 있으면서도 도저히 믿기질 않았다.

'거기에 그 GCM 엔터의 연습실을 쓸 수가 있다고?'

세상에 이런 행운이 있을 수가 있다니.

그녀는 기뻐 날아갈 것만 같은 기분이었다.

＊   ＊   ＊

GCM 엔터테인먼트.

"안녕하세요."

"앗! 네, 네, 넵! 아, 안녕하세요!"

"처음 뵙는 얼굴이시네요. 어쩌다 오셨어요?"

"아, 저기 작곡가님께서 연습실을 대여해 주신다고……."

"아."

그가 고개를 끄덕였다.

'이 사람이 남선호구나.'

연예인의 얼굴을 실제로 보는 건 생애 처음이었다.

서울에 살아도 연예인을 보는 경우는 드물었다.

한데, 연예인과의 첫 만남이 기획사의 사옥이 될 거라곤 상상도 못했다.

남선호는 씨익 미소 짓고는 말했다.

"잘 지내봐요."

"네?"

"합격하셨네요. 축하드려요."

그는 의미심장한 말을 남겨두곤 회사를 나섰다.

이지영과 대화를 나누고 있던 현일이 그녀에게 다가왔다.

"뭐라고 하시든?"

"무슨 합격했다고 축하한다는데요?"

"아."

현일은 무슨 말인지 알았다는 듯 고개를 끄덕이며 작게 웃었다.

여태까지 현일이 직접 데려온 사람은 모두 GCM 소속의 아티스트가 되었으니, 마찬가지로 훗날 GCM 소속이 될지도 모르는 은가은에게도 동료로서 잘 지내보자는 뜻이었으리라.

오디션을 열지 않는 GCM 엔터의 역사 때문인지, GCM 가수들 사이에서는 현일의 눈에 띄면 '합격'이라는 은어가 생겼다.

현일은 그녀를 연습실로 안내했다.

"피아노는 얼마나 배웠어?"

"9년이요. 열 살 때부터 했거든요."

"오래했네. 그래도 쇼팽은 많이 어려운가봐?"

"네, 네?! 그걸 다 들으신 거예요?"

"음. 아주 피아노에 샷 건을 치던데."

"아……."

은가은은 창피해 붉어진 얼굴을 감췄다.

"저 너무 못하죠……?"

"몰라. 난 그게 얼마나 어려운지 모르니까."

"못 하는 거 맞아요. 제가 학원 다닐 때 동기들은 다 최소한 저만큼은 했었거든요."

이윽고 둘은 연습실에 도착했다.

현일은 문을 열며 말했다.

"그래서 준비했어."

"무엇을요?"

그녀는 의아해했지만, 곧 무슨 말인지 알 수 있었다.

♪~

정장을 빼입고 야마하 그랜드 피아노 앞에 앉아 선율을 이루어내는 누군가의 모습.

손끝이 물 흐르듯 유유히 건반을 노닐고, 건반이 눌러질 때마다 만들어지는 그 화음만으로도 몽환에 잠길 것만 같았다.

백발이 희끗한 중년 남성의 뒷모습은 어딘지 모르게 고고한 기품이 흘렀다.

이내 손님이 왔음을 알아차린 그가 의자에서 일어섰다.

그가 뒤돌아서곤 입을 열었다.

"이 아입니까?"

"네. 이름은 은가은이고, 9년 정도 배웠다고 하네요."

"흠."

장년의 사내는 은가은을 마치 품평하는 것처럼 위아래를 훑어보았다.

왠지 모르게 그 눈빛에서 위압감이 흘렀다.

"영혼이 없구만."

"…영혼이요?"

"그래. 영혼이 없어. 피아노에 감응하는 영혼이."

"저… 실례지만 누구시죠?"

엄청 비싼 몸을 모셔 왔다길래 어떤 사람일까, 얼마나 피아노를 잘 칠까, 친절한 사람일까 생각했는데, 갑자기 웬 영혼 타령?

"그게 중요한가?"

"……."

"중요한 건 너의 마음가짐이지, 나의 정체 따위가 아니다. 정말로 피아노를 잘 치고 싶어서 온 건 맞느냐?"

"네."

"손 줘봐."

은가은이 손을 내밀자 김세훈은 그녀의 손을 덥썩 잡아채고는 열 손가락을 세밀히 살펴보았다.

그리곤 혀를 찼다.

"쯧쯧쯧, 굳은 살 하나 안 박혀 있지 않나? 이래 가지고 어디 가서 피아노 몇 년 쳤다는 말은 다신 하지 말게."

"……."

현일은 조용히 물러나 연습실의 문을 닫았다.

'열심히 해라.'

은가은은 김세훈을 모르는 것 같았지만, 그는 세계 3대 피아노 콩쿠르인 쇼팽 국제 피아노 콩쿠르, 퀸 엘리자베스 국제 음악 콩쿠르, 차이콥스키 콩쿠르는 물론이고 그 외 여러 유명한 콩쿠르에서 수상한 경력이 있는, 그야말로 피아노의 대가(大家)였다.

모셔오는 것만 해도 쉽지 않은 조건을 걸었다.

그렇기에 은가은이 정말 세계적인 피아니스트로 성장해 주지 않으면 곤란하다.

'자신을 감동시킬 만한 피아노 곡을 작곡해 봐라… 정말 김세훈 다운 조건이란 말이야.'

Chapter 5
USA

피아노 곡은 단 한 번도 해본 적이 없지만, 아무럼 어떤가.

사라 테일러의 'Pride'도 바이올린에 대해 잘 알아서 작곡할 수 있던 건 아니었다.

'그건 이미 알고 있던 노래이긴 하지만.'

그래도 차근차근 시도해 보면 될 것이다.

기한은 길었다.

명작이 하루아침에 만들어지진 않는다는 것을 누구보다 잘 알고 있는 김세훈이니까.

아무튼, 김세훈은 은가은이 그녀 또래 나이에서 단연 으뜸이 될 때까지 가르치겠다고 했다.

'동시에 나도 그 안에 피아노 곡을 만들어야 되고.'

그래도 그녀의 재능을 감안하면 꽤 오래 기다려야 할 것 같았다.

그리고 그녀의 실력이 무르익을 때쯤이면, GCM 엔터테인먼트는 클래식으로도, 그리고 세계로도 쭉쭉 뻗어나갈 것이다.

현일은 그런 꿈을 꾸고 있었다.

클래식계는 폐쇄적이다.

대중음악을 하던 사람이 클래식에서 명성을 얻어보겠다고 하면 대번에 인상을 찌푸릴 것이 분명했다.

그렇기에 은가은은 든든한 디딤돌이 되어줘야만 한다.

*　　　*　　　*

미국.

영화 계약 건 때문에 미국으로 출장을 온 CGW의 조한용 이사.

그는 사적으로 친분이 있던 로널드 데일이라는 영화감독을 만나고 있었다.

"요즘 영화는 좀 진척이 있어?"

조한용의 물음에 로널드가 한숨을 쉬고는 말했다.

"아니, 배우도 배우지만, 직원들 구하기가 쉽지 않아. 몇 장면 찍고 나면 죄다 그만두겠다고 말해버리니 원……."

로널드 데일은 딱히 유명한 감독은 아니었다.

저예산 독립영화를 주로 다루는 로널드였지만, 사실 그도 독립영화를 찍고 싶어서 찍는 건 아니다.

그저 돈도, 명성도, 스폰서도, 배급사도 없을 뿐.

그게 이유의 전부였다.

마음 같아선 화려한 CG에, 천재 시나리오 작가에, 세계적인 명배우들만 섭외해서 눈 돌아가는 할리우드 영화를 찍고 싶었다.

그렇게 성공해서 부와 명예도 얻고 싶은 게 솔직한 심정이었다.

그러나 시간이 지나면서 직원들에게 줘야 할 월급도 밀리다 보니 하나둘씩 그만둬 버리는 사람이 많아져, 제대로 완성해 본 영화도 없이 빚만 늘어가는 실정이었다.

조한용이 로널드의 어깨에 손을 올렸다.

"너무 낙심하지 말게. 꼭 잘될 날이 올 거야."

조한용의 위로에도 불구하고, 로널드는 오히려 더 크게 한숨을 내쉬었다.

"후… 벌써 똑같은 말을 아홉 번이나 들었네."

"……."

이내 조한용이 미안해하는 표정을 짓자 로널드가 손을 저었다.

"됐네. 그럴 것 없어. 정 미안하면 음향 장비 잘 다루는 사람이라도 한 명 소개시켜 주든지. 최근에 또 한 명이 도망을 쳐버려서 말이야. 하하하……."

그의 목소리는 유쾌했지만, 표정은 전혀 그렇지 않았다.

'음향 장비라…….'

조한용은 문득 누군가가 떠오르긴 했다.

"뭐, 아는 사람이 있기는 한데……."

"됐네, 이 사람아. 신경 안 써줘도 돼."

"그래도 말이라도 해보지."

그냥 지나가듯 한 말이었다.

조한용도 과연 그 사람이 승낙을 할지는 자신이 없었다.

솔직히 누가 자신한테 제안해도 거절할 것 같았으니까.

"그럼 자네가 나한테 말이라도 해봐. 누구인가? 참고로 그리 대단한 인물을 기대하는 게 아니야. 그냥 참고 견딜 수만 있으면 누구라도 좋아."

"음악 하는 사람이고… 나이는 이십 대 중반인데, 최소한 실망스럽진 않을 거야."

"그 정도면 합격이지."

'대단한 사람이긴 한데.'

여기가 한국이었다면 분명 그렇게 말했을 것이다.

그래도 미국에서는 아는 사람이 드물 테니, 조한용은 말을 아꼈다.

*   *   *

"감사드립니다, 작곡가님."

가면을 벗은 우리나라 음악황제, 차현우가 현일의 손을 두 손으로 잡고 목례를 했다.

11 연승을 거두고 노래왕의 자리에서 내려온 차현우.

예정되어 있던 콘서트에 차질이 생긴 적도 있지만, 그는 후회하지 않았다.

"무대에 오르는 매순간이 너무 즐겁고 행복했습니다. 모두 작곡가님 덕분입니다."

대한민국 가수의 정점.

노래왕이라는 이름.

그 이름에 내심 으쓱하기도 했고, 정말로 전 국민에게 인정받은 것 같아 행복하기도 했다.

노래왕 자리에 앉아 있는 동안 음반의 판매고도 많이 올랐고.

하지만 이젠 그 이름을 내려놓았다.

스케줄도 그렇고, 무엇보다 다른 출연자에게도 노래왕이 될 기회를 줘야 하지 않겠는가.

"별말씀을요. 다 황제폐하의 실력이죠."

"하하하하!"

차현우의 말은 진심이었다.

본인도 자신이 노래를 잘한다는 것쯤은 안다.

하루에 몇 번은 듣는 말이니까.

하지만 이토록 자신만의 강점을 극한으로 살려줄 수 있는 작곡가를 또 만날 수 있을까?

"언젠가 꼭 작곡가님과 함께 작업해 보고 싶습니다."

"언제든지 환영이에요."

"그럼 다음에 뵙겠습니다."

"네."

차현우와 훈훈한 작별을 하고 집으로 돌아가는 길, 조한용 이사에게서 연락이 왔다.

'영화 OST 의뢰일까?'

그렇다면 굳이 조한용 이사가 아니라 직접 컨택해도 될 텐데 말이다.

―작곡가님, 오해하지 말고 들어주십쇼.

"네."

―제가 아는 영화감독이 하나 있는데…….

그러나 조한용의 말은 의외였다.

현일이 되물었다.

"투자요?"

*　　　　*　　　　*

"하겠습니다."

―정말입니까?

"네."

현일이 단번에 고개를 끄덕였다.

'로널드 데일이라면 같이 해볼 만하지.'

로널드 데일.

모를 수가 없는 이름이었다.

너무나도 운이 없어 저예산 영화를 찍는데도 도무지 완성을 하지 못해 일생을 빚에 허덕여 살았다.

그러다 큰맘 먹고 자신의 모든 부동산을 담보로 잡고 은행에서 거금을 빌려 완성한 영화는 엄청난 대박을 쳤다.

독립영화와 다큐멘터리의 성지인 선댄스 영화제의 부름을 받고, 거기서 다시 칸 영화제로.

그리고 모든 영화인들이 로널드 이름 세 자만 들어도 엄지를 세우는 자타공인 영화계의 거장으로.

'그야말로 인생 역전의 주인공이지.'

지금으로부터 정확히 3년 후.

그는 그렇게 될 것이다.

그것을 현일이 앞당기려 하고 있고 말이다.

'어차피 난 여기서 아무리 유명해 봐야 미국에선 그저 무명 작곡가일 뿐이야.'

우리나라 메이저 기획사 사장들도 미국에 가면 직접 발로 뛰고, 소속 가수 앨범 돌리고 고개 숙이는 처지다.

그리고 쫄딱 망해서는 큰 성공을 거두었다고 언론 플레이를 한 뒤, 빌보드 진출의 꿈을 접고 조용히 한국으로 돌아온다.

여태껏 한국의 기획사들이 그랬다.

'같은 실수는 하지 않겠다.'

무명이라면, 무명답게 기초부터 차근차근 시작하면 될 것이다.

미국의 무명 감독과 함께.

아무튼, 이야기를 꺼낸 본인도 현일이 흔쾌히 고개를 끄덕일 것이라 생각하지 않았는지, 조한용이 헛웃음을 짓고는 말했다.

─혹시나 노파심에 드리는 말씀이지만⋯ 많이 힘드실 겁니다.

"무슨 말인지 알겠습니다. 설사 시간이 오래 걸리더라도 절대로 중도에 포기하는 일은 없을 겁니다. 약속드리죠."

그 전에, 한 가지 짚고 넘어갈 것이 있었다.

"로널드 감독님이 찍고 계신 영화의 제목이 뭐죠?"

―'한 밤의 꿈'입니다.

'그렇다면 더더욱 해야지.'

현일이 기억하고 있는 것과 일치했다.

"그럼 미국은 언제까지 가면 됩니까?"

―빠르면 빠를수록 좋습니다.

"알겠습니다."

현일은 조한용 이사로 하여금 로널드 데일에게 연락해 두라고 당부한 뒤, 팀 3D에게 미국에 가겠다고 전해두었다.

"뭐라고요? 지금 일본에서 돌아온 지 얼마나 됐다고 또 가긴 어딜 가요?"

이지영이 잔소리를 했지만, 현일이 귓등으로도 들을 리가 없었다.

"부탁한다!"

그녀가 팔짱을 끼곤 물었다.

"하연이 다음 앨범은 어떡하고요?"

"시간 날 때 틈틈이 작곡해서 보내줄게. 어떻게든 마감은 맞출 테니까 걱정 마."

"언제 돌아와요?"

"…글쎄."

어쩌면 오래 걸릴지도 모를 것 같았다.

이제는 점점 미국에 진출할 때가 다가왔다는 생각이 드니까.

"그럼 하연이 얼굴이라도 보고 가요."

"음."

그러고 보니 요새 이하연을 본 적이 없는 것 같았다.

'나름 GCM 엔터의 창립 멤버인데 말이야.'

사실 GCM에서 가장 잘해주고 싶은 사람이기도 했다.

현일도 사람인 이상, 가장 오랫동안 같이 일해 온 사람에게 정이 가는 건 어쩔 수 없으니까.

영서의 연인이기도 하고.

＊　　　＊　　　＊

존 F 케네디 국제공항.

현일은 뉴욕에 도착했다.

로널드 데일은 애리조나에 살고 있지만, 현일이 미국에 들르면 가장 먼저 해야 할 일이 있기 때문이었다.

―어디예요?

"방금 정문으로 나왔어요. 검은색 코트 입고 있어요."

―네, 여기서 보이네요. 바로 갈게요.

곧 그녀가 횡단보도를 건너왔다.

정현영이었다.

"오랜만이에요, 현일 씨."

"반가워요."

"오느라 힘들었죠? 식사는 하셨어요?"

"일등석이 편하긴 하더라고요. 배는 고프지만."

둘은 가볍게 웃었다.

"제가 잘 아는 레스토랑이 있어요. 거기로 가요."

둘은 레스토랑으로 향했다.

"미국은 어쩐 일로 오셨어요?"

"애리조나에서 독립영화를 하나 하기로 했거든요."

"독립영화요? 힘드실 텐데……."

"네, 다 경험이라 생각하려고요. 그리고 혹시 모르잖아요? 대박을 터뜨릴지."

"꼭 그렇게 될 거예요. 그 감독은 복 받은 거예요."

현일이 폭찹을 목으로 넘기고 물었다.

"어째서요?"

"저도 현일 씨랑 같이 일하고 싶은데."

그렇게 말하는 정현영의 눈빛이 묘했다.

그녀가 머리칼을 뒤로 넘겼다.

"드라마는 잘돼가요?"

"네. 다음 시즌에도 참여하기로 계약했어요. 아마 마지막까지 무사히 끝내면 작은 드라마라도 메인 시나리오 작가가 될 수 있을 것 같아요."

그 뒤로는 노래 잘 듣고 있다거나, 드라마 재밌게 봤다거나 등등의 담소를 나누었다.

레스토랑에서 나와 택시 정류장으로 향했다.

정현영이 입을 열었다.

"이대로 헤어지긴 아쉽네요. 오랜만에 만났는데."

"칵테일 바라도 갈까요?"

"괜찮겠어요?"

"독한 술을 좋아하시나 봐요?"

"아니요."

그녀가 고개를 저으며 말했다.

"제가 현일 씨를 좋아하니까요. 분명 술로만 끝나지 않을 거예요."

"……"

갑작스러운 그녀의 고백에, 현일은 말문이 닫혔다.

"현일 씨."

"…네."

"…잘 곳은 있나요?"

그렇게 묻는 그녀의 눈빛엔 묘한 마력이 담겨 있었다.

현일은 '없다'고 대답하고 싶은 욕망을 가까스로 억누르고 말했다.

아니, 말하려고 했지만 그러지 못했다.

그녀가 갑자기 현일을 와락 끌어안았으니까.

"……!"

달콤한 여자의 향기, 언제나 도도한 매력이 넘치는 그녀의 포옹은 거부하기 힘들었다.

과연 이런 완벽한 여자를 품에 안을 수 있는 사람이 세상에 얼마나 될까.

정현영은 현일의 품에 안긴 채 고개를 들었다.

"보고 싶었어요. 정말로 보고 싶었답니다. 잊지 않고 연락해 줘서 고마웠어요."

"…저도요."

"정말인가요?"

그녀가 활짝 웃으며 되물었다.

현일은 고개를 *끄덕*였지만, 그녀에게 해줄 말이… 아니, 꼭 해야만 하는 말이 있었다.

"네, 정말이에요. 현영 씨."

"그럼……."

정현영이 현일의 손을 잡아끌었다.

그런 그녀의 손을 현일이 반대쪽 손으로 다시 잡았다.

"하지만……."

"네?"

"현영 씨. 마음은 고맙지만… 전 이미 좋아하는 사람이 있어요."

"아……."

정현영은 탄식을 흘렸다.

동시에 현일의 목을 감고 있던 그녀의 손이 스륵 풀렸다.

"누구예요? 그 배우?"

배우라면 김성아를 뜻함일 것이다.

현일은 대답하지 않았다.

"……."

잠시 동안의 침묵.

그녀가 말했다.

"그 김성아라는 배우, 당신을 엄청 좋아하는 것 같아요. 알고 있어요?"

"……."

정현영이 씁쓸한 미소를 지었다.

"아까 현일 씨에게 연락이 왔을 때, 정말 기뻤어요. 저를 선택해 준 것 같아서."

그녀가 한 발짝 떨어졌다.

"미국에 오기 전에 현일 씨가 저한테 부탁했던 일. 기억나요?"

"가사… 결국 하 작가님이 해주셨죠."

"그거 알아요? 지금 하고 있는 일만 끝나면 평생 현일 씨의 작사가가 되고 싶었답니다. 그런데… 이럴 거면 차라리 부르지 말지……."

"미안……."

그녀의 손가락이 현일의 입에 붙었다.

"아무 말도 하지 말아요."

그녀는 그렇게 말하고는, 현일의 목에서 풀었던 팔을 전보다 더욱 세게 감았다.

"흡!"

그리고 입을 맞추었다.

본능이라고 해야 할까, 혹은 그녀에 대한 미안함과 고마움 때문일까.

아니면 그녀에게 가지고 있던 일말의 호감 때문일까.

현일은 마치 10년 같은 10초 동안 그녀의 키스에 호응해 주었다.

"다음에 봐요."

그녀는 그 말을 끝으로 발걸음을 돌렸다.

점점 멀어지는 뒷모습.

붙잡고 싶지만, 발이 떨어지지 않았다.

지금이라도 그녀의 이름을 부르면 환한 미소를 지으며 달려올 것 같았다.

그러나 결국 그녀는 택시에 올랐다.

뒤도 돌아보지 않았다.

어쩌면 눈물 흘리는 모습을 보여주고 싶지 않아서일지도 모른
다.

그녀는 강하니까.

다음에 보자는 말.

'다시 볼 날이 있을까?'

현일은 레스토랑에서 그녀가 했던 말이 떠올랐다.

'저도 현일 씨랑 같이 일하고 싶은데.'

정현영의 고백을 받아주었다면 평생 같이 일하게 됐을지도 모
르겠다.

그러나 현일은 그녀의 마음을 거절했고, 그녀는 떠나갔다.

'같이 일할 날도, 다시 보게 될 날도 오지 않겠지.'

아마도.

＊　　　　＊　　　　＊

애리조나 주.

로널드 데일의 '한밤의 꿈'은 독립영화다.

저예산이기 때문에 변변한 세트장도, 장소를 여기저기 옮겨
다닐 자금도 장비도 충분하지 않다.

그래서 방 하나가 영화 속 배경의 거의 전부다.

"그렇기 때문에 시나리오에 많은 신경을 써야만 했습니다."

로널드 데일이 현일의 앞에 찻잔을 놓고 테이블 맞은편에 앉았다.

"주인공은 대사 하나 없고, 왜 자기가 '방'에 갇혀 있는지도 모르지만, 그 방을 탈출하면서 밝혀지는 진실과, 문을 열기 위한 퍼즐들이 굉장히 흥미롭게 구성되어 있습니다. 러닝 타임은 약 한 시간 이십 분 정도고요."

"꽤 재밌을 것 같은데요?"

다른 사람이 들었다면 대번에 콧방귀를 뀌었을 로널드 데일의 말이었지만, 현일은 그의 영화가 얼마나 주목을 받는지 잘 알고 있었다.

그래도 단순히 그런 이유 때문만은 아니었다.

현일은 밀실 탈출 같은 시나리오를 매우 좋아하니까.

"한번 볼 수 있을까요?"

"물론이죠."

아니나 다를까, 시나리오를 건네받은 현일은 숨죽이고 글자를 읽어 내려갔다.

"오……."

현일은 자신도 모르게 감탄사를 흘렸다.

어떻게 방 하나와 등장인물 하나로 이런 흥미진진한 이야기를 그려낼 수 있을까.

그 누가 이런 발상이 가능할까.

'…그녀라면 분명 이것보다 더 재밌게 쓸 수 있겠지……'

현일은 정현영의 얼굴이 떠올랐지만, 이내 상념을 떨쳐냈다.

그 외에도 몇 가지 이야기를 나눈 뒤, 현일은 본론으로 들어갔다.

"그래서 필요한 자금이 얼맙니까?"

"불행하게도, 지금 제작진의 월급이 좀 밀려 있습니다. 배우도 다시 뽑아야 되고요. 제작진이라고 해봐야 저를 포함해서 네 명뿐이지만……."

"어차피 방 하나가 촬영장의 전부라면, 카메라맨은 그리 필요치 않을 것 같은데요."

"그건 그렇지만 네 명이서 촬영하고, 편집하고, 음악 넣고 등등을 다 해야 한다는 게 힘들죠. 고양이 손이라도 빌리고 싶은 심정입니다."

그는 차를 홀짝이고 말을 이었다.

"필요한 자금은 삼… 아니, 십만 달러 정도 됩니다."

"나머지 이십만은 빚인가요?"

"그렇죠, 뭐."

"그럼 선금으로 십만 달러. 영화가 완성되고 나면 이십만 달러도 드리겠습니다."

"예? 어째서……."

그의 눈이 휘둥그레졌다.

"대신 저도 제작에 참여하고 싶습니다. OST 정도는 만들어 드릴 수 있거든요."

"작곡가이십니까?"

"네."

"좋습니다. 그런데 그런 거금을 선뜻 내놓으시려는 이유를 물어봐도 되겠습니까?"

현일은 잠시 생각하고는 말했다.

"제 입으로 이런 말하긴 뭐하지만, 저는 한국에선 나름 실력 있는 작곡가예요. 하지만 여기서는 한낱 작곡가 지망생과 다를 게 없죠. 그래서 밑바닥부터 차근차근 다시 올라가려고 하는 겁니다."

"그렇군요. 근데 왜 하필이면 이런 독립영화를 하시려는 건지요? 차라리 인디 생활을 거쳐서 주목을 받는 게 독립영화 OST보단 훨씬 나을 것 같은데요."

"투자하는 김에 겸사겸사 하는 거죠."

로널드 데일이 고개를 끄덕였다.

사실 그야 아무래도 좋을 이야기였다.

다 쓰러져가는 영화에 투자도 해주고, 거기에 OST까지 만들어주겠다는데 마다할 이유가 없었다.

'이 이상은 위험하고.'

사실 현일은 삼십만 달러의 열 배도 줄 수 있었지만, 그 돈으로 세트장을 사들이고, 등장인물을 늘리다 보면 영화가 어떻게 바뀔지 모른다.

그리고 영화가 바뀌는 건, 미래 또한 크게 달라질 수 있다는 것이고 말이다.

어쩌면 빚에 허덕였던 절박함이 그를 성공하게끔 만든 원동력일지도 몰랐다.

현일이 지나가듯 말했다.

"드라마랑 영화 OST 만들어본 경험도 있고요."

"아, 원래 방송 쪽 작곡가셨군요?"

"그건 아니에요. 전 대중음악 전문이라."

"……?"

*   *   *

한밤의 꿈 촬영 스튜디오.

소규모 영화라 그런지 자금이 확보되자 진행도 일사천리였다.

충분한 급여를 주니 사람은 금방 모였고, 세트장도 빠르게 완성되었다.

"반갑습니다, 제임스 쿠퍼입니다."

제임스 쿠퍼는 '한밤의 꿈'의 배우였다.

배우라고 해봐야 주인공 한 명밖에 없지만 말이다.

'풋풋한 제임스 쿠퍼는 처음 보네.'

현일은 그가 출연했던 할리우드 영화를 본 기억이 떠올랐다.

'한밤의 꿈'을 계기로, 할리우드의 명망 높은 감독의 눈에 띄어 일약 스타덤에 오르는 제임스 쿠퍼.

'지금 연을 만들어 두면 언젠가 도움이 되겠지.'

다른 기획사들이 모두 실패했던 빌보드 메인 차트 등극의 꿈을 이루기 위해서라면, 현일은 무엇이든 할 것이다.

"여기로 갖다 두면 됩니까?"

그래서 지금 촬영 소품을 나르는 잡일도 도와주는 것이고.

"그렇긴 한데, 작곡가님은 가만히 계셔도 됩니다."

"맨날 의자에 앉아만 있었더니 좀이 쑤셔서요. 그리고 별로 힘든 일도 아닌데요, 뭘."

로널드 데일이 말은 저렇게 해도, 그는 무슨 일이든지 열심히 하는 사람을 좋게 본다.

'매사에 불평불만을 쏟아내는 사람을 세상에서 제일 싫어하고.'

아마 영화를 찍다 연락도 없이 도망치는 사람이 워낙에 많아서 그렇게 된 게 아닐까 싶었다.

"이제 촬영 시작하겠습니다."

"네."

"옙!"

"제임스, 방 중앙에 누워주세요. 자는 것처럼."

"Okay."

흰옷으로 갈아입은 제임스 쿠퍼는 상당히 앳된 티가 났다.

현재 그는 20대 초반.

전생에 봤던 영화에서는 30대 초반이니 운동으로 다져진 몸매에 남성미가 물씬 풍겼었다.

낯익은 사람들의 젊은 시절을 보고 있으면, 새삼스럽지만 이게 현실이라는 것이 실감된다.

'대체 뭘까? 내가 과거로 돌아온 이유는……'

이윽고 상념을 털어내며 현일은 'ESCAPE'라는 단어가 적힌 종이를 문 밑에 달린 우편 전달용 구멍으로 밀어 넣었다.

바야흐로 현일의 손이 영화에 출연하게 되는 순간이었다.

한 시간 반이 채 안 되는 짧은 독립영화였지만, 아무래도 소품이 저가이다 보니 맞추면 풀려야 할 퍼즐이 작동을 안 하는 자잘한 문제들 때문에 시간은 계속 지체되었다.

심지어 세트장이 통째로 쓰러진 적도 있었고.

사실상 첫 출연이나 다름없는 신인인 제임스의 실수도 있고, 미숙한 제작진의 실력도 한 몫 했기에 아무도 누구를 탓하지 않았다.

서로를 격려하며 훈훈한 분위기를 만들어갔다.

대략 여섯 주 동안, 우여곡절 끝에 다다른 촬영 막바지.

이제 엔딩만이 남았다.

역설적이게도, 생각보다 더 오랜 시간이 걸려 현일은 '한밤의 꿈' OST를 작곡하면서 이하연의 차기 앨범 데모 곡의 데드라인도 맞출 수 있었다.

로널드 감독이 소리쳤다.

"여기서 조명!"

마침내 주인공은 문을 열었다.

그러자 눈부시게 새하얀 백야(白夜)가 주인공에게 내리쬐고 그 빛을 향해 걸어가는 것으로 영화는 끝.

그곳으로 걸어가면 무엇이 나올까.

그건 영화에서 가르쳐 주지 않는다.

어쩌면 다시 잡혀 들어갈지도 모르고, 그대로 탈출일 수도 있었다.

관객의 상상에 맡기는 거였다.

'이 장면이 내가 심혈을 기울여야 할 부분이다.'

현일은 해피 엔딩을 좋아했지만, 로널드 감독과의 협의에 따라 애매모호한 감정을 일으키는 BGM을 만들기로 했다.

"그런데 감독님. 궁금한 게 있습니다."

"말씀하세요."

"주인공은 결국 탈출한 겁니까?"

"글쎄요? 저도 모르겠네요."

"……."

"사람들은 열린 결말을 보면서 감독이 의도한 거라고 생각하지만, 사실은 그렇지 않은 경우도 많아요."

"예를 들면요?"

"간단해요. 그냥 귀찮은 거죠."

"…예?"

로널드가 퉁명스럽게 대답했다.

"원래 스토리란 게 이리저리 꼬아놓다 보면 결말을 깔끔하게 짓기가 매우 힘들어요. 그래서 애매모호하게 끝내 버리고 '결말은 관객 여러분의 상상에 맡기겠습니다.'라고 하면 대중은 박수를 치죠. 사람들은 모르는 영화감독의 비밀이니 어디 가서 말하지는 마시고요. 하하하!"

현일은 고개를 끄덕였다.

영화는 길어야 세 시간을 넘지 않는다.

그 짧은 시간에 어떻게 감독이 원하는 장치를 다 집어넣을 수 있을까.

주인공이 백야에 빨려들어 가듯이 몽환적인 음악.

그 음악을 영화의 엔딩과 매치시켜 본 로널드 감독이 입을 열었다.

"정말 대중음악을 주로 하시는 거 맞습니까?"

"네, 그런데요."

"정말 스펙트럼이 넓으시네요. 이런 쪽에 경력이 많아 보이는 게 딱 느껴지거든요. 이런 곳에 있는 게 실력이 아까울 정도로요."

"감사합니다."

"감사하긴요. 오히려 제가 감사하죠. 혹 다음에도 기회가 된다면 꼭 같이 영화를 만들고 싶습니다."

현일은 농담조로 말했다.

"네. 트리플 A급 영화 하나 찍으면 꼭 불러주세요. 하하하."

"물론입니다. 하하하하!"

*　　　　　　*　　　　　　*

미국은 독립영화만을 상영하는 소규모 극장이 따로 있다.

거기서 얻은 수입은 다시 영화 제작을 위해 환원되며, 영화감독의 꿈을 키우기 위한 시스템이 보편화돼 있다.

거기서 주목을 받으면 독립영화와 다큐멘터리 감독들이 그렇게나 가고 싶어 하는 선댄스 영화제에 초청되기도 하고, 또 거기서 칸 영화제, 베니스 영화제로 초청되기도 한다.

물론 그런 경우는 극소수지만.

그리고 지금 그 시스템의 최고 수혜자는 바로 로널드 데일 감독이었다.

"오, 오오오……."

보고 있으면 정말 기가 막히는 발상의 퍼즐.

"그런 비밀이!"

그리고 퍼즐을 풀 때마다 하나씩 밝혀지는 이야기의 진실.

왜 방 안에 갇혔는지, 대체 주인공의 정체는 뭔지.

그것들이 영화 매니아들의 손에 땀을 쥐게 만들었다.

덕분에 애리조나 주의 피젤리 영화관이라는 작은 극장을 운영하고 있는 존 피젤리의 얼굴엔 함박웃음이 지어졌다.

"사장님. '한밤의 꿈'은 오늘도 전석 매진입니다."

"그래? 그럼 이번 주 남는 시간에 그걸로 꽉꽉 채워놓도록."

"알겠습니다."

티켓의 가격은 10달러 정도.

독립영화관의 자리는 약 50개.

위와 같은 일이 46개 영화관에서 반복되고 있으니, 한밤의 꿈의 한 달 매출은 거의 이십만 달러에 육박했다.

"오오오… 오오오오오!"

로널드 데일은 할 말도 잊은 채 연신 감탄사만 내뱉었다.

한 달 만에 투자금을 전액 회수하고도 훨씬 남을 정도의 금액이 다달이 계좌에 꽂혔다.

"영화가 잘 팔리고 있나 봐요?"

"상상을 초월합니다. 내 평생 이런 거금을 만져본 적이 없었는데."

"잘됐네요."

"잘됐다 뿐이겠습니까? 정말 기대 이상입니다. 아, 배당금은 모이는 대로 즉시 드리겠습니다."

"네. 그리고 이거."

현일은 로널드 데일에게 편지를 건넸다.

"뭔가요? 그건."

"아까 우편함에 꽂혀 있어서 가져왔습니다."

그는 대수롭지 않게 건네받고는 우편을 뜯었다.

곧 내용물을 확인한 그의 눈이 커다래졌다.

"아, 아니… 이건…!"

"왜 그러시죠?"

"우리 영화가 선댄스 영화제에 초청되었다네요!"

"축하드립니다."

"작곡가님도 가실 거죠?"

현일은 고개를 저었다.

"저도 그러고 싶지만, 지금 할 일이 있어서요."

"아쉽군요."

"혹시 칸 영화제에 초청되면 그때는 꼭 가겠습니다."

"하하하. 희망 고문은 사양하겠습니다."

싱글벙글하던 로널드 데일이 씁쓸하게 말했다.

"거긴 절대 못 갈 겁니다."

"어째서죠?"

"심사 위원들이 일부 감독들만 편애하는 경향이 있거든요. 그리고 친 할리우드적인 성향이 강한 영화제라서 독립영화가 갈 수 있을지는……."

그는 이내 웃음을 되찾으며 말했다.

"그래도 전 이 정도면 충분히 만족합니다. 이제 첫 작인데 칸 영화제까지 바라면 완전히 도둑놈 심보죠. 하하하."

"그래도 가끔은 도둑이 돼보고 싶지 않나요? 내친김에 칸 영화제에서 상까지 받읍시다.”

“거 참, 혹시 전생에 희망 고문 기술자이셨습니까?”

그가 너털웃음을 터뜨리고는 말했다.

“그렇지만 가끔은 그런 데서 상도 훔쳐보고 싶긴 하네요.”

＊　　　　＊　　　　＊

호텔.

TV에서는 요즘 한창 인기라는 드라마가 방영 중이었다.

현일도 분명 재미있었지만, 리모콘의 전원 버튼을 눌러 꺼버렸다.

저 드라마를 보고 있으면 자꾸 누군가가 떠오르니까.

“잘 지내고 있으려나…….”

현일은 작게 중얼거렸다.

그때 이후로 한동안 꿈에서도 나타났던 정현영의 얼굴.

그녀는 강하다.

하지만 그렇지 않은 여자도 있었다.

약하고, 소심하고, 내성적이고, 부끄럼 많은.

자신을 더 필요로 하고 더 많이 좋아해 주는.

그녀는 아마 현일이 없으면 죽고 못 살 것이다.

한국으로 돌아가면 그녀를 꼭 안아줘야겠다고 다짐하며, 현일은 침대에서 일어났다.

새벽이 가까운 늦은 밤.

자려고 누운 거였지만, 뭐라도 하지 않으면 안 될 것 같았다.

노트북을 여니 팀 3D에게서 메일이 와 있었다.

[제목 : 미국 침대는 따뜻하냐?]

—이하연의 차기 앨범이 다음 달에 나올 거야. 쇼 케이스라도 보러 오지 그래? 영서가 와줬으면 하더라고.

P.S. 아, 그리고 그냥 대충 망하고 빨리 한국으로 와. 너 없으니까 힘들어 죽겠다.

—안시혁—

[제목 : 올 때 면세점에서 위스키 사와]

—제목이 곧 내용.

—김성재—

[제목 : 채린이의 첫 곡이랍니다!]

—채린이가 작곡을 했더라고요! 오빠가 들어봐 줬으면 좋겠다네요. 파일 첨부해 놨으니까 꼭 들어보세요. 제가 살짝 들어봤는데 솔직히 상업 음반을 만들 수준까지는… 아직 갈 길이 먼 것 같아요 ㅎㅎ;;

—이지영—

'채린이가 벌써 작곡가가 됐구나.'

현일은 흐뭇해서 피식 웃었다.

실력이 떨어지면 어떤가.

아직 그녀는 젊다.

20대 초반이면 뭐든 처음부터 시작할 수 있는 나이다.

'그러고 보니 맥시드도 이제 다들 20대가 되었구나.'

한창 좋을 나이다.

맥시드 또래의 다른 평범한 사람들은 대학에서 캠퍼스 라이프도 즐기고, 연애도 해보고, 같은 과의 학우들과 MT도 다니면서 재밌게 즐길 나이였다.

아마 맥시드만큼 바쁘게 사는 20대도 별로 없을 것이다.

여타 몇몇 기획사처럼, 아이돌인 그녀들에게 연애 금지령을 내린 적은 없지만 되도록 스캔들이 일어날 수 있는 일은 하지 말라는 당부를 잘 따라주고 있는 그녀들이 기특하기만 했다.

물론 다른 GCM의 가수들도 마찬가지고.

아무튼, 김채린의 첫 작품을 들어본 현일의 평가는 그녀에겐 미안하지만 이지영의 의견과 다를 바가 없었다.

그래도 마냥 기분이 좋았다.

이게 애제자를 키우는 스승의 기분인 걸까.

언젠가 그녀가 꼭 GCM 엔터의 메인 프로듀서가 되면 좋겠다는 생각이 들었다.

누구보다 충성스럽고 믿음직한 부하가 될 테니까.

현일은 입가에 미소를 지우지 못한 채 답장을 썼다.

[제목 : 천조국 침대는 과학이야]

─쇼 케이스는 생각해 볼게요. 아마 다음 달에 일이 생길 것 같아서요. 그리고 시혁이 형. 그런 저주는 하지 말아요. 전 음악 제국을 만들어서 세계 정복을 실현할 겁니다.(진지)

[제목 : 네, 제일 비싼 걸로 사갈게요]

—같이 한잔해요.

[제목 : 채린이가 벌써 다 컸구나.]

—방금 들어봤어. 내 생각도 너랑 같다. 채린이한테 얼른 무럭무럭 자라서 나를 뛰어넘어보라고 전해줘.

＊　　　　＊　　　　＊

선댄스 영화제에 갔다 온 로널드 데일은 크게 기뻐하며 '한밤의 꿈'이 수상하게 되었다는 소식을 알려주었다.

그로부터 몇 주 후에는 다시 잔뜩 흥분해서 이번엔 칸 영화제에 초청되었다는 소식을 전했다.

현일은 웃으며 물었다.

"진짭니까? 언제는 칸 영화제는 절대 안 될 거라고 하시더니."

"그러게 말입니다. 살다 보니 이런 일이 다 있군요. 오늘부터 로또라도 사야 할까 봐요. 하하하하!"

"뭐, 로또도 당첨자는 거의 매주 있게 마련이니까요."

"암요! 제 말이 그 말입니다. 하하하!"

"만약 거기서도 수상한다면 뭘 하실 생각입니까?"

로널드 데일이 턱을 짚었다.

칸 영화제는 영화의 작품성에 대한 권위로는 매우 높게 쳐주는 영화제다.

그렇기에 거기서 수상한 경력이 있다는 건, 그 감독이 명실상부 실력자라는 보증수표나 다름없었다.

"흠… 일단 배급사부터 골라잡고, 밀실 탈출 영화를 다시 찍을 겁니다. 호러 쪽으로요."

"좋은 결과 있으시길 바랍니다."

"작곡가님도 어서 빌보드로 가셔야죠. 아, 칸 영화제는 가실 거죠?"

"글쎄요……"

"무슨 일이라도?"

"네. 일이 좀 생겼네요."

공교롭게도 칸 영화제와 이하연의 쇼 케이스가 겹친다.

둘 다 5월.

굳이 갈 필요는 없었지만, 영서가 와줬으면 좋겠다고 하니 고민되었다.

그러나 칸 영화제는 꼭 가겠다고 말한 게 괜히 후회되었다.

어찌해야 될까.

                    *   *   *

그로부터 삼 주 후, '한밤의 꿈'은 칸 영화제에서 상영되었다.

관객석에는 칸 영화제의 심사 위원, 할리우드의 영화배우와 영화감독으로 이루어진 유명 인사들이 앉아 있었다.

로널드 데일은 그들이 자신의 영화를 보고 있다는 것만으로도 긴장감에 숨이 막힐 지경이었다.

칸 영화제는 할리우드에 친화적인 곳이다 보니, 상영되는 영화들은 거의 모두 호화 캐스팅에, 각종 CG들이 번쩍번쩍 빛났다.

그런데 자신은 현일을 포함한 제작진 다섯에, 배우 한 명.

영화의 무대는 딸랑 방 한 칸이 전부.

자신의 작품이 너무 초라해 보였다.

정말 칸 영화제에서 상영을 하게 해준 것만으로도 심사 위원들에게 절이라도 해야 할 판이었다.

주위를 슬쩍 둘러보니, 사람들의 표정은 무감각해 보였다.

'재미가 없나……?'

그는 초조해했지만, 사실은 달랐다.

'한밤의 꿈'에 몰입하느라 감정을 표현할 여유조차 없는 것이었다.

'대단하군… 어떻게 저런 장치를 만든 거지?'

'뭐야? 주인공은 단순히 납치된 게 아니었던 건가?'

'저런 반전이!'

'방 하나에서 저런 시나리오를 만들어낼 수 있다니… 저 감독은 천재가 분명해.'

그들의 얼굴은 무표정해도, 손엔 땀을 쥐고 있었다.

다시 이십 분 뒤.

할리우드 영화계에서 모르는 이가 없는 감독, 크리스 로버트는 영화도 영화지만, 무엇보다 마지막 엔딩에서 나오는 BGM에 더욱 감탄하고 있었다.

크리스 로버트는 옆에 있는 제프리 하디 PD에게 말했다.

"저 OST를 만든 사람이 누군가?"

"모릅니다만, 알아볼까요?"

"그렇게 해주게."

"네. 독립영화니 분명히 여기에 왔을 겁니다."

무려 칸 영화제다.

독립영화 제작진들에겐 기회와 꿈의 땅이나 마찬가지인 이곳에 안 왔을 리가 있겠나.

그는 그렇게 생각했다.

하지만.

"네?"

영화가 끝나고 로널드 데일을 찾아간 제프리.

그가 믿지 못하는 얼굴로 되물었다.

"안 왔다고요?"

"네… 아쉽게도 모국에 급한 일이 있나 봅니다."

"모국이요? 미국인이 아닙니까?"

"한국인이었죠."

"무슨 일이라고 합니까?"

"그건 모르겠군요. 물어보질 않아서."

"혹시 다른 아는 사항은 없고요?"

로널드는 잠시 생각하더니 대답했다.

"본인 말로는 한국에서 나름 유명한 작곡가라고 합니다. 그 외엔 잘……."

"그렇군요."

그밖에도 몇 가지 이야기를 나누며 제프리는 얻은 정보를 정리했다.

'한국인에, 이름은 최현일. 유명한 작곡가라……'

그는 노트북을 켜고 인터넷에 접속했다.

'어디 그 유명한 작곡가의 노래 좀 들어보자.'

＊　　　　＊　　　　＊

아쿠아 팰리스.

맥시드와 성아영에겐 익숙한 호텔.

그때 이후로 아쿠아 팰리스는 꾸준히 GCM 가수들의 무대를 준비해 주고 있었다.

"형!"

영서가 손을 흔들었다.

칸 영화제에 가야 할지, 영서의 부탁을 들어줘야 할지 고민해 봤다.

'주객이 전도될 순 없지.'

애초에 현일이 그렇게 돈을 벌고 싶어 했던 이유가 무엇이었나.

자신이 사랑하는 사람을 위해서였다.

그리고 만약 로널드 데일이 상을 받는다면 시상식엔 갈 수 있을 터였다.

"왔구나."

현일은 다가가 미소 지으며 영서의 머리를 헝클었다.

"아, 하지 마. 내가 애도 아니고 무슨."

"부끄러워하기는."

"내가 언제 부끄러워했다고 그래!"

현일은 영서의 뺨을 살짝 꼬집었다.

"그럼 이 빨간 볼은 누구 얼굴이냐?"

"그건 그냥 건강하단 증거거든."

"하하하. 이런 귀여운 녀석!"

그냥 동생이라서 하는 말이 아니라, 실제로 영서는 무척 동안인데다 꽤 귀엽게 생겼다.

평소엔 남자다운 중저음 같은 목소리도, 노래를 부르면 거의 소프라노 수준의 미성으로 180도 돌변할 정도였다.

얼굴과 반전인 목소리, 다시 평상시의 목소리와 반전인 노래할 때의 목소리가 영서의 매력이었다.

"그나저나 연습은 잘돼 가냐?"

"힘들긴 하지만 조금씩 느는 것 같긴 해. 근데 하연이는?"

"곧 올 거야."

그렇게 영서와 호텔에서 먹고 즐기며 놀다 보니 리허설 시간이 다가왔고, 이하연도 도착했다.

"영서야! 작곡가님, 안녕하세요."

이하연도 참 언제 봐도 밝고 예쁜 소녀였다.

영서는 전생에 나라를 구했을까 싶었다.

'아니지. 전생에는……'

그러니 이제는 복을 받아도 되겠지.

현일은 애써 아픈 기억을 떨쳐냈다.

그때, 이하연이 의외의 질문을 던져왔다.

"작곡가님. 근데 영서는 언제 데뷔해요?"

"으음? 그러게?"

"형. 나 그러다 어느 기획사 연습생처럼 평생 연습 생활만 하다 쫓겨나는 건 아니지?"

"그럴지도?"

"뭐야?"

이하연이 영서의 등을 안았다.

"걱정 마. 만약 그렇게 돼도 내가 평생 먹여 살릴게."

"으, 응……."

영서의 얼굴이 새빨개졌다.

"이것들이 사장님 앞에서?"

"그럼 우리가 딴 데로 갈게요. 안녕히 계세요~!"

"어, 어?"

"……."

현일은 사라지는 둘을 보며 피식 웃었다.

Chapter 6
데이드림

이하연의 이번 쇼 케이스도 반응이 좋았다.

GCM 뮤직에서 그렇게 광고를 해댔으니 주목을 안 받을 수가 없었다.

'이번엔 앨범이 얼마나 팔릴까.'

거기다 날아라 레코드가 차 대표의 실종으로 쓰러져가는 탓에 레이지 레코드가 시장을 빠르게 선점하고 있으니, 전국의 앨범 판매점은 이하연의 앨범 자켓 브로마이드로 도배가 될 것이다.

언젠가 현일이 한준석에게 날아라 레코드는 흡수하지 않느냐고 물었더니 그는 이렇게 얘기했었다.

'어차피 실물 음반은 사장되는 추세라 너 이상 레코드 사업을 벌이는 정신 나간 사람은 없을 겁니다. 우리 레이지 레코드 같은

경우는 그냥 GCM 엔터의 가수들이 특별한 거고요.'

현일도 그 의견에 공감했기에 더는 그 일에 대해서 묻지 않았다.

호텔에서 나와 걷고 있는데, 누군가가 현일을 불러세웠다.

"저기요! 작곡가님? GCM 작곡가님 맞으시죠?"

"네, 누구십니까?"

그가 신분증을 보여주었다.

"검사님께서 왜?"

오윤석의 일 때문이라면 전화로 알려줘도 될 텐데 말이다.

그가 연락처를 건네며 용무를 꺼냈다.

"최근에 새로 임관되신 최철용 서울 중앙 지방검찰청장님께서 뵙고 싶어 하십니다. 시간이 나시면 어느 때고 들러주십시오."

"그런 분이 왜 저를……?"

"뭘 내빼고 그러십니까? 이미 다 알고 있습니다."

어쩌면 검찰청 내에서 자신이 대통령도 움직일 수 있는 거물이라는 소문이 퍼진 모양이었다.

'그래도 나쁠 건 없겠지.'

그 위명이 필요할 날이 올지도 모르고.

연락처를 받아 챙겼다.

"네, 뭐… 시간 나면 갈게요."

"꼭 들러주세요."

하여튼, 현일은 GCM 엔터에 도착한 뒤, 문득 궁금해져서 은가은의 연습실을 들렀다.

이윽고 그녀에게서 좋은 소식을 들을 수 있었다.

"저 다음 주에 서울 콩쿠르 지역별 예선에 나가게 됐어요!"

"그래? 벌써 그 정도 실력이 됐어?"

"히히."

그녀가 등 뒤로 감추고 있는 두 손.

살짝 보이는 손가락을 보니 빨갛게 퉁퉁 부어 있었다.

그동안 얼마나 노력했는지 감이 왔다.

필시 밤낮으로 김세훈의 호통을 들었으리라.

'못 본 척… 해주는 게 맞겠지.'

굳이 숨기고 싶어 하는 이유가 있을 테니까.

그보다 은가은에게 듣고 싶은 것이 있었다.

"가은아, 네 목표는 뭐야?"

"제 목표요?"

"피아니스트를 지망한 이유가 있을 거 아냐."

그녀는 잠시 생각하더니 말했다.

"그냥… 어릴 때부터 치기도 했고, 재밌으니까요."

현일은 그녀의 대답에 혀를 찼다.

왜 동년 또래들에 비해서 실력이 안 늘었을까 했더니 목적의
식이 없어서 그랬던 모양이다.

그럼에도 피아노를 계속 쳤던 건 열등감 때문이었을 것이다.

다만 열등감이 열정을 주지는 않는다.

"피아노 삼대 콩쿠르 알지?"

"네. 쇼팽이랑, 차이콥스키, 그리고 퀸 엘리자베스 콩쿠르잖아
요."

현일이 단호하게 말했다.

"그중에 하나 나가."

"네?"

"기한은 2년으로 하지."

"2… 2년이요?"

"너도 내일 모레 성인이잖아. 언제까지 네 언니만 고생시킬 거야?"

"……."

그녀가 머뭇거리다가 입을 열었다.

"그치만 거긴 세계에서 제일 권위 있는 콩쿠르잖아요. 저는 고작 열아홉 살인데……."

"지금 서울대학교 음악대학 교수 중에는 95년에 퀸 엘리자베스 콩쿠르에 최연소로 입상한 사람도 있어. 그것도 스물한 살의 나이에, 최우수 연주자 상이었지."

현일이 자세를 낮춰 은가은과 눈높이를 맞췄다.

오물거리는 그녀의 입술이 무슨 말을 하고 싶은 건지 현일은 잘 알고 있었다.

그녀의 어깨를 토닥이고 말을 이었다.

"물론 네 생각처럼 그 사람은 천재라서 가능했던 걸지도 몰라. 내 생각도 크게 다르진 않고. 그래도 넌 세계 최정상급 천재 피아니스트의 가르침을 받고 있잖아. 이렇게 훌륭한 연습실도 있고, 그리고 나도 있지."

"……."

"이렇게 할까? 만약 네가 이번에 나가는 콩쿠르에서 우승을 하면 같이 콩쿠르에 나가는 거야. 나도 2년 안에 퀸 엘리자베스 콩쿠르에 참가할게. 거긴 작곡 부문도 있거든."

은가은은 현일의 말을 농담으로 생각했는지 피식 웃었다.

"작곡가님이 거길 나간다고요?"

"안 될 거 없잖아."

그녀가 고개를 끄덕였다.

"그럼 반드시 서울 콩쿠르에서 우승할게요. 작곡가님이 심사 위원들한테 깨지는 걸 보고야 말겠어요!"

"그래. 목적의식이 순수하진 않지만, 동기부여로는 충분할 것 같다."

"히히히."

현일은 그녀와 헤어지고 잠시 김세훈을 만났다.

"무슨 일입니까?"

"제가 미국에 있는 동안 주기적으로 피아노 곡을 작곡해서 드리겠습니다. 다소 성에 안 차더라도 그걸 가은이가 연주라도 해볼 수 있게끔 해주셨으면 좋겠습니다."

"굳이 그렇게 해야 하는 이유가 있습니까?"

"네. 하지만 이유는 지금 말씀드리긴 좀 그렇습니다. 그냥 제 부탁대로 해주세요."

"음……. 알겠습니다."

김세훈은 고개를 끄덕였다.

'뭔가 생각이 있나보군.'

일순간 번뜩였던 현일의 눈은 자신감과 꿈으로 가득 차 있었다.

　　　　*　　　　　*　　　　　*

　백 실장과 통화 중인 현일.

　"채린이는 어딨습니까?"

　—먼 섬나라 무인도에 있어요. 정글에서 야인이 되어 살아가는 예능을 녹화 중이거든요.

　다시 미국으로 떠나기 전에 작곡하는 걸 봐주려고 했었는데 아쉽게 되었다.

　그래도 다행이었다.

　한지윤은 연습실에 있었으니까.

　현일은 방음 부스의 문을 노크했다.

　이내 창문 너머로 현일의 얼굴을 본 한지윤이 살짝 놀래며 헤드폰을 벗고 문을 열었다.

　방음 부스는 밀폐된 공간인데다 환기도 안 되기에 한겨울에도 엄청난 더위를 자랑한다.

　덕분에 그녀의 머리와 옷은 땀으로 촉촉해져 있었다.

　"아, 안녕하세요! 일찍 오셨네요?"

　"다시 갈 거야. 그나저나 에어컨이라도 켜지 그랬어?"

　"괜찮아요. 땀을 흘려야 열심히 하고 있는 것 같아서요. 그리고 샤워하는 것도 좋아해서……."

　"오늘 스케줄 있어?"

　"네? 아… 아니요."

　"그럼 샤워하고 올래? 잠시 어디 좀 가자."

　"네? 네!"

그녀는 종종걸음으로 샤워실로 갔다.

'적어도 한 시간은 걸리겠지?'

잡다한 업무라도 처리할 겸 작업실로 갔더니 사무용 전화가 걸려왔다.

안시혁이었는데, 수화기 너머로도 그의 목소리가 심히 당황스러운 것을 알 수 있었다.

—현일아, 드림걸스의 하유리가 찾아와서 정산을 해달라는데?

드림걸스라면, 분명히 예전에 기획사인 데이드림 엔터가 GCM 뮤직에서 대배너를 일주일 동안 걸어달라고 떼를 썼다가 소배너로 내려 버린 그 그룹이었다.

"자세히 말해봐요."

—자꾸 정산이 어쩌고 사장한테 데려가 달라 어쩌고… 횡설수설해서 설명하기가 좀 그렇다. 네가 직접 듣는 게 나을 것 같은데. 아니면 그냥 돌려보낼까?

"아뇨. 잠깐 얼굴이라도 보는 셈 치죠 뭐. 데려와 주세요."

—알았다.

잠시 응접실에서 기다리고 있으니 이지영이 하유리를 데려왔다.

그녀가 목례를 하며 조심스럽게 물었다.

"안녕하세요. 근데 저기… 대표님을 뵙고 싶은데……."

"반갑습니다. 앉으세요."

"제가 GCM 엔터의 작곡가 겸 공동대표입니다."

그러자 하유리는 적잖이 놀란 눈치였다.

법인을 가지고 있는 작곡가가 드문 것은 아니었지만, GCM 엔터가 어디 이름만 그럴 듯한 회사는 절대 아니니까.

'아무리 봐도 나랑 비슷한 또래 같은데… 그 GCM 엔터의 주인이라니……'

현일은 그녀와 비슷한 반응을 여러 번 경험했기에 별로 대수롭지 않게 말했다.

"정산이 어쩌고 하셨는데, 혹시 저희 GCM 뮤직 시스템에 불편하신 점이라도 있으십니까?"

"그게 아니에요. 제 소속사 사장님이 정산을 해주질 않아요."

"그래요? 왜죠?"

"저도 모르겠어요. 자꾸 미루기만 해요."

"저작권자십니까?"

"네, '링링링'의 작사가예요."

"3집 타이틀 곡이요?"

"네."

"연습 생활 비용은요?"

"그건 데뷔하자마자 갚았어요."

"MG는 얼마 받으셨고요?"

"오백이요."

"그거밖에 안 될 리가 없을 텐데요."

여태껏 개런티를 짜게 준 적은 없었다.

하유리가 발끈했다.

"제 말이요!"

"잠깐만요."

현일은 다시 안시혁과 통화를 했다.

—어, 해결됐어?

"아직이요. 형, 데이드림 엔터에 MG 얼마나 주셨어요?"

—MG? 잠깐만, 어디 보자… 음… 칠억.

"많이도 주셨네."

—많이 달라길래.

"네, 그럼 이제부터 데이드림 엔터는 많이 주지 마세요."

—그래.

하유리가 불안한 눈으로 쳐다보았다.

"저… 그러면 이제 저도 많이… 못 받게 되는 건가요?"

"그렇게 되겠네요."

"……."

"그보다 지금은 정산 문제가 더 급하니까 그 얘기만 합시다. 저작권료 정산 비율은 소속사와 어떻게 계약하셨습니까?"

"삼십 프로요. 작곡가와 편곡가가 오십 프로를 가져가구요."

그렇다면 하유리는 원래라면 2억 1천만 원을 받아야 했다.

"혹시 요즘 소속사에서 사옥을 이전한다거나 그런 얘기는 없습니까?"

"아, 네. 들었어요. 성수동 쪽으로 간다더라고요."

"돈은 왜 안 주던가요?"

"선금을 다 까야지만 줄 수 있다던데요. 그런데 다른 작사가들 얘기 들어보니 이미 다 받았다고 하더라고요. 그게 MG를 메꾸는 거랑 무슨 상관이냐면서… 그래서 오게 된 거예요."

아무래도 소속사가 나머지 금액을 횡령한 게 분명했다.

'아직도 저런 양아치 같은 기획사가 있다니.'

게다가 저렇게 뒤가 켕기는 짓을 하는 연예 기획사는 꼭 구린 데가 있었다.

'조폭과 연관되어 있다든지.'

현일은 너무 넘겨짚었나 싶어서 피식 웃음이 나왔다.

어떤 식으로든 데이드림 엔터의 대표와 담판을 지어야 할 것 같았다.

"그쪽 대표한테 따져본 적은 없었나요?"

그녀가 잠시 머뭇거리다가 말했다.

"그러고 싶은데… 저희 사장님이 되게 무서운 분이에요. 그래서 좀……."

"쓴소리를 자주 하나 봐요?"

"그런 게 아니라요… 그냥 분위기가 좀 그래요. 저도 원래… 아니다. 아무것도 아니에요."

그녀가 고개를 저었다.

"왜요? 말씀해 보세요."

"…필요한 거예요?"

현일이 어깨를 으쓱했다.

"그럴 수도 있고 아닐 수도 있죠."

"제가 원래 가수로 데뷔하려던 게 아니라, 작사가 지망생이었어요. 그러다 제 가사를 채택해 준 곳이 데이드림 엔터였는데 사장님께서 저를 보시더니 아이돌 그룹을 하라고 하셔서 하게 된 거예요."

그녀의 말에 이상한 점이 있었다.

"하라고 했다고요? 제안이 아니라? 막무가내로?"

"네… 회사에서 계약금도 받아서 시키는 대로 할 수밖에 없었어요."

"아니, 가사를 주는 건데 계약금이랑 무슨 상관이에요?"

"그땐 제가 어려서 잘 몰랐어요… 제 가사가 채택돼서 들뜬 탓에 계약서에 냉큼 사인했거든요. 알고 보니까 가사의 저작권 이용에 대한 계약이 아니라 데이드림 엔터에서 일하겠다는 고용 계약서였어요."

현일이 농담을 가장해서 진지한 질문을 던졌다.

"그 데이드림 사장이라는 사람. 막 몸에 그림 있고 그래요?"

"네……."

"혹시 뭐 사장님이 다른 일을 시키거나 그러진 않습니까?"

"다른 일이요?"

"그러니까… '가수'라는 직업과 일절 상관없는 일을 시킨다든지……."

하유리가 현일의 말을 잘랐다.

"아니요. 그런 일은 없었어요."

"그렇군요. 기분 나쁘셨다면 죄송합니다."

"괜찮아요."

현일은 좀 더 알아볼 필요성을 느꼈다.

아무래도 그녀에게 더 알아낼 것은 없어보였기에 화제를 돌렸다.

"흠… 일단 계좌번호 주시면 차액은 바로 입금해 드리겠습니다. 거기서 추가로 드는 이익 오백만 원은 그대로 데이드림 엔터의 선금으로 포함시킬 거고요."

"정말요? 감사합니다!"

"그리고 데이드림 엔터 대표님 연락처랑 성함도 가르쳐 주세요."

"전화번호는 010―……―…….."

"네."

"이름은 우태헌이에요."

"우태헌……."

현일은 고개를 주억이며 그 이름을 되뇌었다.

'어디서 들어본 것 같은 이름인데.'

정확히는 모르겠지만, 이내 SH에서 일할 때 이성호 사장의 휴대폰에 그 이름으로 전화가 걸려 왔던 기억이 뇌리에 스쳤다.

그래서 더욱 수상했다.

현일은 전화기를 들고 하유리에게 말했다.

"이제 가보셔도 됩니다."

"네. 감사해요."

그녀가 나가자마자 현일은 담당 변호사에게 전화를 걸었다.

―예, 변호사 유재욱입니다.

"데이드림 엔터테인먼트의 우태헌이라는 사람을 조사해 주세요. 전직 조폭일 수도 있으니 주의하시고요."

―알겠습니다. 알아낸 게 있으면 그때마다 연락을 드리겠습니다.

"네. 부탁드립니다."

유재욱 변호사는 예전, 김원호 의원이 소개시켜 준 사람이었다.

전직 검사였던 김원호의 후배로, 유재욱 역시 검사였는데 그가 은퇴할 때 주변에서 모두가 극구 만류할 정도로 유능했다고 한다.

그런 사람이니 필시 어떤 것이든 만족할 만한 결과를 가져올 것이다.

'아무것도 없는 게 제일 베스트지만.'

세상 일이 생각대로만 흘러간다면 얼마나 좋을까.

＊ ＊ ＊

"작곡가님."

한지윤이 무언가 기대하는 듯한 목소리로 현일을 불렀다.

여전히 단발머리를 고수하고 있는 그녀.

어느 20대와 같은 복장과 소소한 화장이 그녀의 아름다움을 부각시켜 주었다.

그 아름다운 얼굴을, 푹 눌러쓴 모자로 가려야 한다는 것이 안타까울 따름이었다.

똘망똘망한 눈으로 현일의 얼굴을 보며 물었다.

"어디에 가나요?"

"따로 가고 싶은데 있어?"

"저는 어디든 좋아요. 작곡가님……."

'과 함께라면.'이라 덧붙이고 싶었지만, 부끄러워 입을 뗄 수가 없었다.

"그럼 일단 맛있는 거 먹으러 가자. 마침 저녁 시간이니까."

"네."

둘은 주차장으로 가서 차에 올랐다.

"뭐 먹고 싶은 거 있어?"

"고기요."

재빠른 대답.

현일은 피식 웃음이 나왔다.

아이돌은 식단 관리가 철저하기에 그동안 쌓인 게 많았던 모양이다.

그녀의 얼굴이 새빨개졌다.

"우… 웃지 마요……."

"그래, 그래. 돼지갈비 좋아해?"

"네."

"내가 예전에 살던 집 근처에 되게 맛있는 집이 있거든. 거기로 가자."

"네."

둘은 예전 현일이 팀 3D, 영서와 같이 갔었던 고깃집으로 갔다.

자리에 앉아서 고기와 콜라를 주문하려니, 한지윤이 말했다.

"맥주 주세요."

"너도 술 마셔?"

"……"

"한 번쯤 마셔보는 것도 괜찮긴 하지. 대신 적당히 마시고."

이윽고 고기와 맥주가 나왔다.

한지윤은 잔에 술을 따르고 잔을 부딪치자마자 맥주를 벌컥 벌컥 들이켰다.

"……?"

'지윤이가 술을 저렇게 좋아했나?'

겉모습만 보면 한 끼에 이슬 한 방울만 먹어도 살 것처럼 생겼는데.

아니나 다를까, 그녀의 얼굴이 금세 새빨갛게 달아올랐다.

그럼에도 그녀는 얼른 잔을 내밀었다.

"그만 마시는 게 좋을 것 같은데."

"이제 한 잔인데요!"

"그래도 아직 고기도 안 익었는데 천천히 마시지……?"

그녀가 고개를 세차게 흔들었다.

"아니요! 빨리 주세요."

"내일 스케줄에 지장 없게 해."

"없어요."

"응?"

"내일 스케줄 없다구요."

"아, 그래……."

현일은 할 수 없이 따라주었다.

"한 잔 더."

구워진 고기를 먹으면서, 맥주를 받는 족족 들이켜는 그녀를 보며 단호하게 말했다.

"그러다 죽겠다. 이제 그만 마셔."

"…싫어요."

"그만."

"…알았어요. 그럼 소주."

"안 된다니까."

"왜요?"

"취하면 어쩌려고 그래?"

"괜찮아요."

"안 된다니까!"

현일이 날카롭게 말했다.

한지윤이 조용히 고개를 떨궜다.

오늘 한지윤은 평소와 많이 달랐다.

생전 안 먹던 술을 마시는 것도 그렇고, 현일의 말을 거부하거나 토를 다는 것도 그랬다.

짧다면 짧고, 길다면 긴 시간동안 그녀를 봐왔지만, 이런 모습을 보는 건 처음이었다.

"무슨 일 있어?"

"……."

그녀는 미동조차 하지 않았다.

젓가락도 놓은 채 아무것도 입에 대질 않았다.

"물이라도 마셔. 그렇게 술이 마시고 싶으면 좀 이따 칵테일 바에서 달달한 거라도 마시자."

"……."

현일은 착잡했다.

미국에 돌아가기 전에 한지윤의 얼굴이라도 보고 싶었는데 별로 기분이 안 좋은 모양이었다.

"…다 먹었으면 그만 일어나자."

한지윤은 말없이 식당을 따라나섰다.

현일이 물었다.

"칵테일 사줘?"

"…집에 갈래요."

그녀의 등을 토닥이며 한숨을 쉬었다.

"그래. 집에 데려다 줄게."

한지윤이 고개를 저었다.

"너 자꾸 그럴 거야?"

"…우리 집 말고… 작곡가님 집에 가고 싶어요……."

이토록 내성적이고 수줍음 많은 아이가 남자의 집에 가고 싶다고 말하는 게 얼마나 힘든 일인지.

잘 알고 있었다.

그리고 그녀도 그게 어떤 의미인지 잘 알고 있을 것이다.

순수하지만 마냥 아무것도 모르는 철부지는 아니니까.

그래서 현일은 그녀를 살포시 안아주고는 이마에 입을 맞추었다.

알코올에 정신이 몽롱한 그녀에겐, 워낙 순식간에 벌어진 일이라 뒤늦게 헛바람을 들이켰다.

이내 그녀가 현일의 품 안에서 작게 속삭였다.

"작곡가님……."

"그래… 가자. 우리 집."

"칵테일도 사서."

"그러자."

운전해야 하는 탓에 술은 한지윤 혼자만 마셨기에 마침 잘되었다는 생각이 들었다.

발걸음을 옮기려는데, 그녀의 손이 현일의 손목을 붙잡았다.

"…소, 손 잡아 주세요……."

말없이 그녀의 손을 잡아 이끌었다.

가는 길에 편의점에 들러 술과 주전부리를 사들고 집으로 향했다.

주차장에 멈춰서니, 그녀가 십오 분간 이어졌던 침묵을 깨뜨렸다.

"좋아해요."

"알아."

갑자기 그녀가 얼굴을 감추고 훌쩍이기 시작했다.

"흑… 아깐 죄송해요… 작곡가님이 너무 좋은데… 도저히 맨 정신엔 말할 수가 없어서… 혹시 다른 사람한테 작곡가님을 뺏기는 건 아닐까… 채린이가 가로채 버리는 건 아닐까… 너무 불안해서 견딜 수가 없었어요… 흐으윽……."

"……."

그녀가 지금껏 그런 심정이었는지는 몰랐다.

얼마나 고통스러웠을까.

그래도 한지윤만 편애할 수는 없으니 다 같이 잘해주고 싶었을 뿐이었다.

그러나 이젠 말해줘야 할 것 같았다.

그녀의 뺨에 흐르는 눈물을 닦으면서.

"나한테 가장 소중한 사람은 너야."

"…정말요?"

"그럼."

"작곡가님."

그녀가 눈을 감았다.

현일은 자연스럽게 그녀의 얼굴에 다가가 부드럽게 입을 맞추었다.

곧 입을 떼고 말했다.

"나머지는 들어가서 하자."

한지윤이 살짝 고개를 끄덕였다.

그녀의 입술은 체리 챕스틱 맛이었다.

＊　　　　　＊　　　　　＊

다음 날.

'다른 사람이 보면 신혼부부 같겠지?'

어제도, 오늘도 데이트라고 할 건 없었지만, 한지윤은 지금 이 순간이 너무나도 소중하고, 행복했다.

'어제는 참 힘든 하루였어.'

회사에서도, 밖에서도, 집에서도.

여러 가지 의미로 말이다.

현일은 씻고 나오면서 아침을 만들고 있는 한지윤을 볼 수 있었다.

싱글벙글한 표정으로 요리를 하는 그녀.

새콤달콤한 김치찌개의 냄새였다.

자신의 옷을 입어 밑이 아슬아슬하게 가려진 그녀의 뒷모습이 너무나도 사랑스러워 당장에라도 껴안아주고 싶었다.

'이젠 그래도 되지.'

즉각 실행으로 옮기려던 현일은 문득 재밌는 생각이 나 그녀에게 장난스럽게 물었다.

"아프진 않아? 걷는 건 괜찮고?"

일순간 그녀의 몸이 움찔하는 것이 한눈에 보였다.

"네, 네, 네, 네에……?"

"아프지 않냐구."

"그, 그, 그런 거 물어보지 말아요……!"

"왜?"

"왜냐니…….."

"안 아파?"

"그… 처… 처음인데도… 작곡가님이… 자, 잘해주서서……."

"아니, 그게 아니라 어제 술 많이 마셨잖아. 숙취 있을 텐데? 컨디션이라도 사다줘?"

"아, 아니이이이……."

그녀가 얼굴을 감추고 알아듣지 못할 말을 웅얼거렸다.

현일은 슬며시 다가가 그녀를 뒤에서 안아주었다.

그리고 귓가에 속삭였다.

"사랑해."

한지윤의 붉어진 목덜미가 귀까지 올라왔다.

그녀는 갑자기 돌아서더니 현일에게 키스를 했다.

"저도… 정말 사랑해요… 작곡가님……."

보글보글 끓던 냄비가 칙칙 소리를 내며 물이 흘러넘침을 알렸다.

"앗! 타겠다!"

"하하하."

현일은 허둥지둥대는 한지윤의 모습이 마냥 귀엽기만 했다.

곧 그녀는 살짝 까만 냄새가 나는 밥상을 차리곤 울상을 지었다.

"죄송해요… 조금 타버렸어요……."

"괜찮아. 태어나서 먹어본 김치찌개 중에 제일 맛있어."

"정말요?"

"음. 세상에서 가장 맛있는 탄 맛이야."

"짓궂어요……."

"진심인데."

한지윤은 자꾸 장난을 치는 현일이 살짝 얄미웠지만, 그래도 현일이 하는 모든 말이 그저 좋았다.

"작곡가님. 그거 알아요?"

"뭐?"

"저 요즘 작사 공부하고 있어요."

"그래? 그럼 나중에 채린이는 GCM 엔터의 전속 작곡가, 넌 전속 작사가로 낙점이야."

그녀의 눈썹이 찡긋했다.

"…채린이 말인데요. 말해줘야 할까요? 우리의 일……."

"음……."

"많이 괴로워 할 기예요……."

그러고 보니 그 문제도 있었다.

김채린도, 그리고 김성아도.

'이제 김 의원님을 무슨 낯으로 뵙지……?'

현일은 어렴풋이 눈치챌 수 있었다.

김원호 의원이 자신을 볼 때마다 사윗감 보는 것 같은 분위기라는 것을.

"난 네가 좋아."

현일은 그저 그렇게 말할 뿐이었다.

한지윤은 이 순간이 계속되었으면 좋겠다는 생각이 들었다.

곧 식사가 끝나고, 그녀가 조심스럽게 입을 열었다.

"오늘 갈 거죠……?"

"응."

"언제 돌아오는데요?"

"모르겠어."

"…보고 싶을 거예요."

"나도 많이 보고 싶을 거야."

현일이 밥을 목으로 넘겼다.

그리곤 한지윤에게 다가가서 그녀를 바닥에 눕혔다.

"그럼 그 전에 좋은 추억 하나 만들고 가야겠는걸?"

"꺄!"

현일의 입술이 그녀의 입술을 덮었다.

*　　　　*　　　　*

인천국제공항.

왠지 모르게 침울해 있는 한지윤의 얼굴.

아니, 이유는 알고 있었다.

자신도 그녀만큼이나 같은 기분이었으니까.

꼭 마주잡고 있던 그녀의 손이 덜덜 떨리는 것이 느껴졌다.

"작곡가님… 영영 가버리는 건 아니죠……?"

현일은 상냥하게 웃어주었다.

"그게 무슨 소리야. 내가 전쟁하러 가는 것도 아니고."

"그런 말 하지 말아요… 진짜로 불안하단 말이에요……."

"무조건 돌아올 거야. 네가 여기 있는데."

한지윤은 또 다시 울먹거리기 시작했다.

현일은 그녀를 안아 달래주었다.

"매일 연락해 주셔야 돼요……?"

"응. 국제전화 통화료로 재산을 거덜 내는 그날까지 전화할게."

그러자 그녀가 이내 피식 웃었다.

"푸홋! 뭐예요. 그게……."

"그만큼 그리울 거란 얘기지."

"……."

"뚝."

"히끅."

발걸음을 떼기가 힘들었다.

'지윤이는 또 집에 가서 펑펑 울겠지…….'

어제 얘기를 들어보니 현일이 말없이 미국으로 갔을 때도 집에서 하루 종일 울었다는 모양이었다.

그러나 달콤한 말을 속삭일 시간이 없다는 걸 알고 있었다.

거기다 아무리 위장을 하고 있어도 공항처럼 보는 눈이 많은 곳에서 오랫동안 같이 있는 것도 좋지 않았다.

"이제 진짜 가야 돼."

"히끅… 꼭 연락해 주시고, 꼭 시간 날 때마다 히끅……! 한국에 오셔야 돼요? 네? 꼭이에요? 히끅!"

"약속할게. 안녕."

"안녕히 다녀오세요……."

둘은 서로에게 손을 흔들었다.

Chapter 7
한 걸음씩

비행기에 착석하자마자 한지윤에게서 메시지가 왔다.

빨리 돌아와 달라는, 몇 번이나 반복했던 내용이었지만, 그래도 자연스럽게 입꼬리가 올라갔다.

차라리 맥시드에게 장기 휴가를 주고, 한지윤도 미국으로 데려가는 건 어떨까 생각해 본 적도 있었다.

그러나 현일은 자신의 개인적인 욕심 때문에 소속 가수를 마음대로 이래라 저래라 하고 싶지는 않았다.

한지윤 혼자라면 몰라도, 맥시드는 그룹이니까.

현일은 문득 이런 생각이 들었다.

'전생의 지윤이는 나를 어떻게 생각했을까?'

한지윤을 볼 기회가 많지는 않았으나.

현일이나 맥시드나 그때가 지금 이상으로 바빴기도 하고, 또

직업적인 특성상 딱히 맥시드를 마주칠 일도 드물었으니까.

사람들의 생각보다 작사나 작곡가들이 가수들과 얼굴을 자주 보고 살지는 않는다.

차라리 레코딩 엔지니어가 그러면 그랬지.

작곡가의 경우는 현일처럼 메이저 기획사에 소속되어 회사로 출근을 해도 그럴 기회가 적은데, 팀 3D처럼 그룹을 만들어 작업실에 모이거나, 그냥 집에서 작업을 하는 이들도 많으니까.

게다가 작곡이 가수와 같이 하는 일도 아니고 말이다.

아무튼, 돌이켜 보면 그때도 한지윤은 이따금 현일에게 호감을 표하곤 했었다.

단지 현일이 알아차리지 못했을 뿐.

어쩌다 마주치면 '일은 잘 돼가세요?', '좋은 곡 많이 만들어주세요.'라며 지나가듯 말을 걸었다.

맥시드를 SH 엔터테인먼트 사옥에서 봤을 때, 나머지 셋이 어색한 인사를 할 때도 그녀만은 웃어주었다.

가끔 열심히 하라며 커피를 사주기도 하고.

귀찮아서 대충 대답을 할 때도 환한 미소로 화답해 주었다.

'그냥 지윤이가 착해서 그런 줄 알았는데……'

왜 한지윤은 이성호의 노비나 다름없었던 자신을 좋아해 주었을까.

현일은 궁금해졌다.

어쩌면 운명의 상대라는 게 정말로 있는 걸까.

*   *   *

"흐음… 미묘한데."

제프리는 호텔로 가서도 최현일이라는 작곡가가 만든 노래를 여러 개 들으면서 현일의 정보를 찾아보았다.

'예명은 GCM이고, GCM 엔터테인먼트 소속……? GCM? 대표의 이름은 다른 사람인데? 공동대표인가?'

한국에서 엄청난 히트곡들을 잇달아 낸 경력이 있기는 했다.

한국에서는.

어중이떠중이는 절대 아니라는 뜻이다.

그러나 이 정도 하는 작곡가가 널리고 널린 게 미국이라는 땅이었다.

미국인들의 취향에 맞는 음악도 아니었고.

'물론, 한국이라는 좁은 음악 시장에서 이런 앨범 판매고를 올린 건 굉장히 대단하긴 하다만.'

그래도 대중음악을 하는 작곡가를 영화의 OST를 만드는 작업에 투입하기에는 걸리는 점이 없지 않았다.

그런데.

'응?'

계속해서 구글을 둘러보던 제프리는, 곧 현일이 드라마와 영화에도 참여했다는 것을 알 수 있었다.

그것도 단순히 참여가 아닌, 모두 음악감독이었다는 것을.

'…그런 사람이 왜 독립영화를 하고 있던 거지?'

할리우드는 빌보드 못지않게 세계 각국의 작곡가들이 데모곡을 보내온다.

거기서 배급사나 제작진들이 데모 곡을 들어보고 괜찮으면 해당 작곡가를 발탁해서 음악감독의 밑에서 일을 할 수 있는 기회가 주어지니까.

'기적을 그려라?'

현일이 음악감독을 맡았던 영화였다.

'칸 영화제 수상작이라. 영어 자막도 있고.'

아무래도 크리스 로버트와 자신이 참여하지 않았던 때 상영한 모양이었다.

'한번 볼까?'

그는 인터넷 쇼핑몰에 접속하여 '기적을 그려라'의 블루레이 디스크를 주문했다.

며칠 후, '기적을 그려라'를 감상해 본 제프리는 연신 감탄사를 내뱉었다.

"오오… 오오오오……!!!"

이토록 상황에 적절한 음악을 만들어낼 사람이 또 얼마나 있을까.

그는 크리스 로버트가 현일에게 관심을 가질 만한 이유를 깨달았다.

*　　　　　*　　　　　*

현일은 로널드 데일에게 미국에 도착했음을 알렸다.

로널드 데일이 보자고 한 장소에 가자, 현일을 발견한 그가 웃으며 반겼다.

"작곡가님!"

"데일 감독님."

현일이 그와 악수를 나누었다.

"친구분께서 안부 전해달라더군요."

"잘 지내고 있겠지요?"

"네."

"그나저나 왜 이제야 오신 겁니까. 시상식까지 다 놓쳐 버리고."

로널드 데일은 진심으로 아쉬워하는 표정이었다.

현일이 엷은 미소를 짓고는 대답했다.

"한국에 중요한 일이 있었거든요. 저도 가지 못해 유감입니다. 아무튼 수상 축하드려요."

"우리 섭섭한 얘기는 그만합시다. 제가 좋은 소식을 가져왔으니."

현일은 반색하며 물었다.

"그런가요? 뭡니까?"

로널드 데일이 한차례 헛기침을 하고는 자랑스럽게 말했다.

"크흠! 첫 번째는 제가 WT 배급사에 사인을 했다는 것!"

WT라면 미국에서 모르는 이가 없는 메이저 영화 배급사였다. 고작 한 편의 독립영화만으로 그곳과 계약할 수 있었던 것을 보면, 로널드 데일도 가히 천재가 아닌가 싶었다.

"오! 축하드립니다!"

"두 번째는 작곡가님께서 크리스 로버트와 일하게 될 기회가 열렸다는 것!"

"정말입니까?"

"그럼요! 아마 며칠 안에 연락이 닿을 겁니다."

분명 둘 모두에게 경사스러운 일이었지만, 이러한 소식들을 알려주기 위해 구태여 공항까지 마중을 나오지는 않았을 것 같았다.

아니나 다를까, 로널드 데일은 잠시 머뭇거리다가 입을 열었다.

"그래서 말인데… 혹시 저와 같이 일을 하실 생각은 없습니까? WT와 계약한 김에 바로 차기작을 기획중이라서요."

그는 무안한 표정을 지으며 다시 헛기침을 했다.

그럴 만도 했다.

다른 누구도 아닌, 크리스 로버트의 러브콜이니까.

그와 같이 일할 수 있는 기회를 과연 이 세상 그 누가 마다할 것인가.

크리스 로버트가 자신에게 같이 일해보지 않겠느냐고 제안한다면, 얼른 '감사합니다!'하고 냅다 뛰어갈 텐데 말이다.

로널드 데일은 스스로도 괜한 말을 한 것을 후회했다.

그러나 현일의 대답은 그로서는 상당히 의외였다.

"네. 좋죠."

"하하하. 그냥 농담 한번 해봤… 예?"

"아, 농담이셨군요."

"예? 아, 아니요! 방금 뭐라고 하셨죠?"

"'농담이셨군요.'라고 했었는데요."

"아뇨! 그 전에!"

"아.'"

로널드 데일이 고개를 세차게 흔들었다.

"그 전에!"

"'좋죠.'"

그러자 로널드 데일은 얼른 손을 내밀었다.

"같이 잘해봅시다!"

한데 왜일까.

현일은 고개를 저었다.

그리곤 왼손을 내밀며 말했다.

"왼손으로 악수합시다. 그쪽이 내 심장과 가까우니까."

"지미 헨드릭스? 저도 좋아합니다. 하하하!"

둘은 왼손을 맞잡았다.

*   *   *

현일은 뉴욕 시에 있는 호텔에서 객실 하나를 장기로 대여해 그곳에서 숙식을 해결하기로 했다.

너무 비싸지도 않으면서 룸서비스도 괜찮은 곳 하나를 발견해, 상당히 만족스러운 호텔이었다.

조금 외로운 게 흠이라면 흠일까.

—비행기에서부터 책을 보고 있던데, 무슨 책인지?

"책은 아니고, 작곡에 대해 써놓은 걸 책처럼 인쇄한 거예요. 작곡을 배우고 싶어서요. 저희 소속사 작곡가님이 직접 써주신 거예요."

—어렵진 않아요?

"어렵지만 열심히 배우고 있습니다!"

—직접 작곡해 본 적은 있나요?

"어… 있긴 있는데, 음… 열심히 배우고 있습니다!"

현일은 김채린이 출연했다던 정글 서바이벌 예능을 모니터링하고 있었다.

'열심히 하는구나. 인쇄까지 해서 갖고 다닐 줄은 몰랐는데?'

흐뭇한 미소가 절로 그려졌다.

무럭무럭 자라서 얼른 GCM 엔터의 기둥이 되어줘야 할 텐데 말이다.

한지윤은 작사가, 김채린은 작곡가, 김수영은 안무 트레이너, 민유림은…….

'……'

명색이 리더인데 뭔가 설 자리를 찾아줘야 할 것 같았다.

재생이 끝나고, 노트북을 닫으니 구글이 이메일이 도착했음을 알려주었다.

현일은 스마트폰으로 지메일을 열었다.

'느려.'

하품이 나올 정도로 느린 미국의 인터넷을 감내하고, 도착한 이메일을 열어보았다.

[제목 : GCM 작곡가님께]

—제프리 하디입니다. 직접 찾아뵙지 못하고 이렇게 이메일로 연락하게 되어 유감입니다. 다름이 아니라, 저와 크리스 로버트 감독님께서 작곡가님께서 차기 영화의 OST를 맡아주셨으면 하는 마음에서 이메일을 보내게 되었습니다.

생각이 있으시다면 아래 적힌 전화번호로 연락 부탁드리겠습니다.
12—3456—…

'아쉽게 됐구만.'

로널드 데일을 만난 지 하루도 지나지 않았는데 벌써 메일이 왔다.

하지만 조금만 더 일찍 연락을 줬더라면 조금은 고민을 했을지도 모른다.

그러나 이미 로널드 데일과 차기 영화도 같이 하기로 한 상황.

크리스 로버트도 대단하지만, 로널드 데일도 그 못지않은 천재였다.

그렇기에 의리를 생각해서도, 실리를 따져도 선택을 바꿀 이유는 없었다.

현일은 곧바로 답장 메일을 작성했다.

—정말 유감입니다만, 저는 이미 다른 영화에 참여를 하기로……..

메일을 전송하자마자 제프리의 메일에 적혀 있던 전화번호로 전화가 왔다.

당연히 제프리였다.

—아니! 그게 무슨 소립니까? 작곡가님.

"메일에 적혀 있지 않습니까? 데일 감독님과 차기작을 같이하기로 해서요."

—에이, 그렇지만 아직 그분은 시작도 안 했지 않습니까? 저희

는 지금 조만간 촬영이 거의 끝나가는 게 있습니다. 자세한 건 직접 만나서 조율을 해봅시다.

"그럼 뉴욕으로 찾아오세요."

─당연히 가야죠! 마침 저도 뉴욕에 있거든요. 언제 시간 되십니까?

"오늘은 좀 그렇고, 이번 주에 미리 연락을 주세요. 주소는 메시지로 보내 드리겠습니다."

─네. 기대하고 있겠습니다. 작곡가님.

'일정이 안 겹친다 이 말이지?'

로널드 데일의 영화와 스케줄이 겹치면 어쩔 수 없이 거절하려 했었다.

지금도 하루하루 쉴 틈도 없이 살고 있으니 말이다.

GCM 소속 가수들은 물론이고, 피아노 곡까지 작곡을 해야 한다.

'아직은 시간이 있지.'

다시 노트북을 열고 클래식 음악을 찾아보기 시작했다.

현일은 은가은에게 자신도 국제 콩쿠르에 참가하겠다고 선언한 기억을 떠올렸다.

진심이었지만, 작곡 부문 경연자로 참가할 생각은 아니었다.

물론 은가은은 그런 줄로만 알고 있겠지만, 이미 작곡가로서 인정을 받았는데 굳이 또 대회를 나가야 할 이유는 없으니까.

퀸 엘리자베스 콩쿠르는 파이널 라운드에 이러한 형식의 경쟁이 있다.

파이널 라운드에 진출한 경쟁자들을 뮤직 샤펠이라는 궁에 가둬놓고, 콩쿠르의 작곡가들이 직접 만든 곡을 약 2주 동안 연습하고 그것을 선보이는 것이다.

현일은 그곳의 작곡가로 참여할 계획이었고.

'가은이의 지역 콩쿠르 결과가 기대되는 걸.'

아무튼 이런저런 생각을 하던 현일은 상념을 비워내고 건반을 누르기 시작했다.

'좋아. 피아노는 이런 느낌으로……'

유명한 음악을 카피해 보기도 하고, 편곡도 해보면서.

한 걸음씩 피아노를 배워나갔다.

신시사이저를 너무 좋아하는 현일이었기에, 피아노 또한 어렵지 않게 익숙해질 수 있을 것 같았다.

'오늘은 이쯤하고 자야지.'

러닝 타임이 1분 정도 되는 간단한 피아노 곡을 만들어본 현일이 이걸 김세훈에게 보낼까 말까 고민하다가 미련 없이 노트북을 닫았다.

아직 적응하지 못한 시차 때문에 너무 피곤한 탓이었다.

굳이 정신을 더 혹사시키고 싶지 않았다.

다이빙 하듯이 푹신한 침대로 뛰어드니, 눈이 절로 스르르 감겼다.

그리고 다음 날, 크리스 로버트가 직접 찾아왔다.

호텔 1층의 커피숍에 크리스 로버트가 나타난 것이다.

설마 그가 직접 찾아오리라곤 생각도 못했기에 현일은 내심 놀랐다.

"프로듀서 크리스 로버트입니다. 크리스라고 부르시면 됩니다."

"최현일입니다."

둘은 악수를 나눴다.

크리스 로버트는 자리에 앉고는 물었다.

"제가 왜 찾아왔는지는 아실 테니 복잡한 설명은 넘어갑시다. 단도직입적으로 여쭙겠습니다. 같이하시겠습니까?"

"언제 하는지 정도는 알고 싶은데요."

"이런. 제가 너무 성급했군요."

여태껏 크리스 로버트는 자신이 같이하자고 한 사람이 거절하는 것을 보지 못했다.

그가 말을 이었다.

"지금은 친분이 있는 사람들을 대상으로 캐스팅 약속만 받아 놓고 있죠. 프리프로덕션까지 아무리 늦어도 반년이면 시작할 겁니다."

현일은 고개를 끄덕였다.

한국과는 다르게 요즘 할리우드 영화는 CG가 많다 보니 실제 촬영 기간보다 편집 작업 기간이 더 길다.

할리우드는 영화 찍는 시간이 길어질수록 손해가 크기 때문에 최대한 빠르고 효율적으로 촬영을 끝낸다.

'어벤져스가 5개월도 안 돼서 다 찍은 작품이니.'

귀찮은 걸 싫어하는 것 같은 그의 성격을 보아 사실상 3~4개월 정도면 OST 작업을 시작하게 될 가능성이 크다.

"반년 후라… 작업은 어디서 하죠?"

"저희 영화사에서 하게 됩니다. 모두 최고의 장비만을 쓰고 있고요."

"그렇군요."

"뿐만 아니라, 세계 최고의 영화 음악 작곡가인 피터 잭슨과 함께 일하실 수 있습니다. 어떻습니까?"

"그럼 음악 감독은 그 피터 잭슨이란 사람이 맡는 겁니까?"

"예."

그 말을 듣자마자 현일이 자리에서 일어났다.

"그 사람이 아무리 대단한 작곡가라고 해도, 밑에서 일할 수는 없습니다."

"그럼 당신은 당신이 음악 감독이 될 거라 생각하신 겁니까?"

"제 건반에 손대지 말라는 뜻입니다."

현일의 신념은 확고했다.

자신의 음악에 참견하고 훈수 두는 사람과는 절대로 같이 일을 할 수가 없다.

하고 싶지도 않고.

'베토벤과 모차르트가 무덤에서 살아 나와도 못 할 짓이지.'

그래서 뒤도 돌아보지 않고 방으로 돌아간 것이다.

홀로 남겨진 크리스 로버트가 현일의 뒷모습을 멍하니 쳐다보았다.

* * *

영화 음악을 만들 때는 기획 단계에서 작가들이 시나리오를 작성하면, 음악 감독이 시나리오를 보면서 프로듀서, 작가들과 상의를 하면서 OST를 만든다.

물론 프로듀서와의 협의에 따라 방식은 달라질 수 있다.

"저는 시나리오보단 영화의 장면을 보면서 하는 게 좋습니다."

"그럼 그렇게 해주세요."

로널드 데일은 흔쾌히 고개를 끄덕였다.

이미 '한밤의 꿈'을 통해서 그렇게 한 바가 있으니 그도 섣불리 신뢰할 수 있는 것이었다.

"직함은 음악 프로듀서(Music Producer)면 되겠죠?"

"네."

할리우드에서는 감독(Director)보다 제작자(Producer)라는 직함이 더 높은 직위라는 감이 있어서 로널드 데일이 나름 배려를 해주는 것 같았다.

현일이야 아무래도 좋을 이야기였지만.

"평소에는 그냥 작곡가라고 불러주세요."

"네. 그보다 영화에 대한 이야깁니다만, 제가 사실 신인이나 다름 없다 보니 배급사에서 많은 돈을 지원해 주질 않습니다."

그럴 수밖에.

현일은 그의 말을 경청했다.

"그래서 전작인 '한밤의 꿈' 같은 소재가 인기도 있고 하니, 다음 작품도 비슷한 컨셉으로 가보려고 합니다."

"예를 들면요?"

"지금 어느 정도 구상한 게 있는데, 주인공이 뉴욕 시내 한복판 길을 걷다가 갑자기 옆에 있던 공중전화가 울리는 겁니다. 호기심에 주인공은 수화기를 들면서 스토리가 시작됩니다. 공중전화박스 한 칸에서 꾸며지는 음모와 밝혀지는 진실. 그런 거죠."

"전화박스에 무슨 장치 같은 게 있는 건가요?"

"아뇨. 전화 상대와 이야기를 하는 내용이 한 시간 반 동안 이어집니다. 전화 상대는 전화박스가 보이는 곳에서 저격을 할 수 있어서 주인공은 함부로 전화를 끊을 수 없고요."

"묻지 마 범죄?"

"아닙니다. 범인은 주인공이 그 전화를 받도록 치밀하게 꾸며져 있던 거죠. 그건 영화 내에서 밝혀지는 부분이고요. 일단 제가 생각한 건 여기까집니다."

듣는 것만으로도 흥미로운 시나리오였다.

뉴욕 시내 한복판.

하루에도 수천, 수만 명이 다니는 길거리에 갑자기 울리는 공중전화.

거기서 어떻게 전화를 다른 누구도 아닌 주인공이 받을 수 있게 만든다는 걸까.

물론 현일은 그 답을 알고 있었다.

영화의 내용과 결말도.

이런 컨셉의 영화를 매우 좋아했기에 몇 번이고 다시 봤던 영화였다.

"일종의 '개방된 밀실'인 거군요."

"바로 그겁니다!"

로널드 데일이 핑거스냅을 했다.

이후로도 현일은 그의 말에 맞장구를 쳐가면서 영화에 대한 이야기를 이어나갔다.

                    *   *   *

　로널드 데일의 신작, '코인 텔레폰 부스'는 특별한 세트장도, 화려한 CG도 없었기에 촬영을 시작한지 한 달 만에 거의 끝나가고 있었다.

　이제 현일이 OST 작업을 시작해야 할 차례.

　음악 조 PD가 현일에게 차트를 전달해 주었다.

　"PD님. 장면 시간대별로 OST를 삽입해야 할 구간을 정리해 왔습니다. 배급사에서 되도록 한 달 안에 끝내달라고 전해달라 더군요."

　"그런가요? 최대한 맞춰볼게요."

　"네, 부탁드립니다."

　'한 달?'

　현일이 피식 웃었다.

　일주일 안에도 끝낼 수 있었다.

　로널드 데일의 영화는 몇 번이고 반복해서 봤었다.

　줄거리를 다 외우고 있을 만큼.

　최근 한 달 동안 이미 구상은 다해놓았다.

　어느 장면에서 어떤 음악을 삽입해야 좋을지.

　거기다 일주일은 현일이 OST를 다 만든다는 가정하에서다.

　실제 가수의 노래를 선곡하는 경우엔 그 기간이 더 줄어드는 것이 당연지사.

　'3일이면 작곡은 끝나겠군.'

　현일은 작업실을 둘러보고는 외쳤다.

"주목!"

음악 스텝들이 동시에 자신을 쳐다보았다.

"모두 삼 일 동안 죽었다 생각하고 나머지 기간 동안 조기 퇴근하는 거랑, 한 달 동안 야근하는 것. 둘 중 뭐가 더 나은지 선택해 보실래요?"

현일이 먼저 손을 들었다.

"저는 전자에 한 표 던지겠습니다. 여러분은?"

서로 눈치만 보던 스텝들이 번쩍 손을 들었다.

"저요!"

"저도 한 표!"

현일이 씨익 미소를 지었다.

'그럼 선곡은 뭘로 할까?'

마침 생각나는 그룹이 있었다.

＊　　　　＊　　　　＊

리얼리티 드래곤즈의 연습실.

알렉스가 울리는 벨소리에 스마트폰을 주머니에서 꺼냈다.

화면에 비치는 익숙한 이름에 전화기를 귀에 붙이고는 말했다.

"제레미. 쉬는 날은 우릴 좀 내버려둬요. 제발."

ㅡ누굴 모셔왔거든요. 잠시 문 열어보세요.

"누구요?"

ㅡ꼭 보고 싶은 분일 텐데.

"갑니다, 가요."

'설마 대표님은 아니겠지?'

불안한 마음을 뒤로하고 문을 열었다.

그러자 생각지도 못한 사람이 눈앞에 서 있었다.

알렉스의 눈이 반짝 빛났다.

"아니, 이게 누굽니까!"

"오랜만이네요. 알렉스."

"GCM 작곡가님!"

알렉스는 현일을 보자마자 두 팔을 벌려 격한 환영 인사를 해 주었다.

"정말 반갑습니다."

"어서 들어오시죠!"

제레미가 끼어들었다.

"그럼 저도 잠깐 실례……."

"제레미."

"네?"

"제발."

"네……."

제레미가 입맛을 다시며 돌아섰다.

그러거나 말거나 알렉스는 고급 양주를 응접실 테이블로 가져왔다.

"한잔하시죠?"

"좋죠."

"잠깐 기다리세요. 멤버들 불러올게요."

그는 방음 부스의 문을 열었다.

안에서 각종 악기 소리가 들려오더니, 알렉스가 무어라 소리를 치자 안에서 리얼리티 드래곤즈의 멤버들이 하나둘씩 나왔다.

"응? 손님이……."

그들은 응접실에 손님이 와 있는 것을 보고는 일순 눈이 크게 뜨였다.

별안간 손님의 정체를 깨닫고, 커졌던 눈이 더욱 커졌다.

"오! 우리의 그랜드 마스터!"

"하, 하하하……."

현일은 왜 아이디를 그렇게 만들었을까.

막심한 후회를 느끼면서 얼버무렸다.

"BCMC는 이제 안 합니다."

"어째서요? 거기에 그랜드 마스터의 컴백만을 간절히 염원하는 뮤지션 지망생들이 얼마나 많은데요!"

제발 그 호칭으로 부르는 건 그만둬 줬으면.

"아무튼, 제가 여기에 오게 된 이유는……."

"일단 한잔합시다!"

"아, 예!"

쨍!

잔을 부딪치고 술잔을 단숨에 비워냈다.

"맛이 정말 좋은데요?"

"그렇죠? 갈 때 한 병 가지고 가세요."

"사양 않겠습니다."

김성재의 웃는 얼굴이 눈에 보이는 것만 같았다.

현일과 리얼리티 드래곤즈는 한동안 술에 대한 이야기를 나누다가 본론으로 들어갔다.

"영화 OST로요?"

"네. 엔딩곡이에요."

벤이 멤버들에게 물었다.

"'Revolution'은 어떨까?"

거절한다는 옵션은 아예 머릿속에 없는 모양이었다.

"그건 아직 공개도 안 한 곡이잖아."

"그럼 'Blackfield'는?"

"영화 컨셉에 비해 너무 웅장하지 않나?"

"MMF랑 같이했던 거!"

"그건 너무 정열적이고."

멤버들은 서로 갑론을박을 펼치다가 참다못한 알렉스가 제안했다.

"이봐. 어떤 곡을 선정할지는 프로듀서에게 맡기는 거잖아?"

그 말에, 좌중은 일제히 현일을 쳐다보았다.

"어떤 곡으로 하실 겁니까?"

"아무거나 괜찮나요?"

"무엇이든 오케이죠. 오히려 저희가 영광입니다."

"하하하… 그럴 것까지야."

현일은 짐짓 생각에 잠기고는 입을 열었다.

"'Stop Crying'이 좋을 것 같은데요."

그러자 리얼리티 드래곤즈의 멤버들은 생각지도 못했다는 표정을 지었다.

"그건 서정적인 곡인데요?"

"그래서 꺼낸 얘깁니다."

"예?"

벤이 고개를 갸웃했다.

"들어보니 '코인 텔레폰 부스'는 범죄 스릴러물 같던데요?"

"이건 비밀이니까 어디가서 소문내시면 안 됩니다."

멤버들이 귀를 쫑긋 세웠다.

언제나 비밀 이야기는 흥미로운 법이니까.

"이 영화의 후반부에 대략적인 상황을 파악한 시민들과 경찰, 그리고 주인공의 연인 앞에서 '너의 죄를 샅샅이 읊어라.'고 저격수가 요구를 하죠."

줄거리를 듣기만 해도 흥미로운 것은 리얼리티 드래곤즈도 마찬가지였는지, 그들은 침을 꿀꺽 삼키며 이어질 현일의 말을 기다렸다.

"그러다 경찰이 범인을 잡았다고 알려주는데……."

"잡았군요!"

"아니요."

"아……."

"말 끊지 마, 알렉스!"

"크흠! 알고 보니 경찰이 잡은 건 진범이 돈을 주고 저격수의 흉내를 내라고 시킨 배우 지망생이어서 착각한 주인공이 끝끝내 거짓말을 하고 저격을 당하는 것으로 끝납니다."

현일은 목을 축이고 말했다.

"다행히 급소를 피해 맞아서 살았지만, 사실 그것도 진범의 의도였어요. 마취제를 맞고 의식을 잃어가는 주인공의 앞에 나타나 앞으론 정직하게 살라는 말을 남겨두고 영화는 끝납니다."

"아… 그래서!"

"'Stop Crying'이 딱 어울리죠."

"역시 그랜드 마스터! 작곡가님의 혜안에 감탄했습니다."

"……"

차라리 미리 쓸 곡을 정해두고 통보만 할 것을 괜히 찾아왔나 싶었다.

그래도 리얼리티 드래곤즈와 말 섞고 프리미엄 위스키를 얻어가는 것에 비하면, 잠시간의 창피함은 값싼 대가였다.

그 뒤, OST의 작곡과 선곡이 끝난 이후로는 두문불출 GCM 가수들의 음반 작업과 피아노를 배우는데 열중했다.

'앞으로 삼 개월이면 개봉이다.'

그러던 어느 날, 은가은에게서 전화가 왔다.

'서울 콩쿠르의 결과가 발표된 건가?'

—저 콩쿠르 결과 나왔어요!

예상대로 은가은의 피아노 콩쿠르 결과가 나온 것이었다.

"어떻게 됐어?"

아직 김세훈에게 배우기 시작한 지 얼마 되지 않았다.

우승까진 바라지도 않는다.

3등만 했으면 좋겠다는 생각이 들었다.

—준우승이에요! 히히.

"잘했어!"

하기사, 은가은은 9년 동안 피아노만 쳤다.

준우승 정도는 해줘야 한다.

―2년 안에 국제 콩쿠르에도 갈 수 있겠죠?

"그래. 그렇게 경력을 쌓다보면 꼭 연이 닿을 거야."

―흔히 천재는 남을 가르치지 못한다던데, 김세훈 선생님은 정말 가르치는 데도 천재이신 것 같아요. 막 하나를 가르치시면 둘을 깨닫게 해주시는 거 있죠?

과연, 김세훈을 모셔다 놓은 건 탁월한 선택이었다.

그녀의 숨은 재능을 빠르게 끌어내 줄 수 있는 최적의 피아니스트 겸 강사였다.

"잘됐네. 직접 찾아가서 축하해 주지 못해서 미안하고, 퀸 엘리자베스 콩쿠르에 나갈 수 있도록 열심히 하자."

―퀸 엘리자베스요? 왜 하필 거기에요?

3대 국제 콩쿠르 중 하나를 굳이 짚어서 말한 이유가 궁금한 모양이었다.

"그럴 만한 이유가 있어."

―네. 알았어요.

현일의 지금은 말해줄 수 없다는 뜻을 알아차린 그녀가 대답했다.

―반드시 퀸 엘리자베스에 갈 수 있도록 할게요.

"음. 오늘부터 주기적으로 피아노 곡 보내줄 테니까 그것도 김세훈 강사님이랑 연습해 봐."

―네.

이날부터 현일은 피아노 곡을 중점적으로 작곡하기 시작했다.

이따금 김세훈에게 연락이 오기도 했다.

'이런 걸 내 제자에게 연주시키겠다고 하는 거요?'

'이래서야 내가 원하는 음악이 나오겠습니까?'

'이제 들어줄 만하군요.'

'이건 좀 더 괜찮네요.'

'음악에 영혼을 담아보십쇼.'

현일이 작곡한 피아노 곡을 감평해 주기도 하고, 잔소리도 하면서.

'그놈의 영혼은 참.'

그래도 김세훈이 은가은에게 정이 드는 것은 좋은 징조였다.

그럴수록 그도 더 열심히 그녀를 가르칠 테니까.

＊ ＊ ＊

"우리 음악 프로듀서님이 최고다 정말."

"왜?"

"프로젝트 시작하고 첫 3일은 진짜 밤까지 새가면서 야근했는데, 딱 3일 지나니까 이렇게 출근이 즐거웠던 적은 내 인생에서 처음이라고."

매일같이 궂은 일 없이 웃고 떠들며, 웹서핑도 하다가, 촬영하는 거 구경도 하다가, 시간 좀 때우다가 조기 퇴근하면서도 급여는 꼬박꼬박 받는 나날이 음악팀에 계속되었다.

"너네 팀은 어때?"

"나야 뭐… 구경꾼들 제지하는 게 하는 일의 거의 전부야. 촬영팀에 사라라는 친구가 있는데, 걔는 촬영하면서 그렇게 흥미진진했던 적이 없었다고 하더라. 나도 구경해 보고 싶은데."

"아, 맞다. 너 OST 들어봤어?"

"아니. 왜?"

"음악 PD님이 만드신 OST가 진짜 끝내준다고!"

"OST가 좋으면 얼마나 좋다고……"

"아니라니까! 안 되겠다. 너 이참에 한번 우리 작업실에 놀러 와 봐라."

이렇게 음악 팀의 OST에 대한 이야기는, 직원들 간에 빠르게 퍼져가고 있었다.

*　　　　*　　　　*

로널드 데일의 작업실.

촬영이 거의 막바지에 다다랐을 때쯤, 음악 팀은 현일은 로널드 데일에게 엔딩곡에 대한 이야기를 꺼냈다.

"리얼리티 드래곤즈라고요?"

로널드 데일이 화들짝 놀란 기색을 감추지 않고 말했다.

"영국의 탑 밴드잖아요!"

데뷔 초기부터 UK 차트를 석권하다 시피하며 이름을 알렸던 리얼리티 드래곤즈.

지금은 그레미 어워드 수상 경력도 있고, 유튜브 조회수 1억 쯤은 우스운 밴드가 되었다.

"네. 친분이 있어서요. 하하. 어쨌든, 괜찮겠죠?"

"여부가 있겠습니까? 당연히 오케이죠!"

"데일 프로듀서님!"

조 PD가 갑자기 헐레벌떡 뛰어왔다.

"무슨 일입니까?"

로널드 데일의 물음에 조 PD는 무릎을 잡고 거친 숨을 몰아쉬고는 말했다.

"진범 역할로 출연 예정이었던 제임스가 교통사고가 일어났다고 합니다."

"뭐라고?!"

"음……."

현일과 로널드 데일은 동시에 침음을 흘렸다.

'그러고 보니 제임스 쿠퍼는 이 영화에 출연을 안 했었어.'

할리우드 작품이라곤 하지만, 어차피 출연자라고 해봐야 주인공과 진범을 빼면 없는 거나 마찬가지인, 저예산 영화였다.

나머지 구경하는 시민, 경찰, 주인공의 배우자 역은 사실상 엑스트라나 다름없고 말이다.

그것도 진범은 전화상으로 변조된 목소리만 나오다가, 영화 마지막에 잠깐 실루엣만 나오는 것이 전부.

그렇기에 처음에 제임스 쿠퍼가 진범 역할로 나온다고 들었을 땐 그냥 그런가보다 했는데, 이제 생각해 보니 현일의 기억 속에 있는 진범은 제임스 쿠퍼가 아니었다.

할리우드만 아니었다면, 그냥 아르바이트를 써도 상관없는 역할이었다.

로널드 데일이 걱정스러운 기색으로 물었다.

"어떻게 됐다던가?"

"저도 잘 모르겠어요. 방금 막 전해들은 거라서……."

"음… 큰 사고가 아니어야 할 텐데요."

"아마 조금만 기다리면 병원에서 연락이 올 겁니다."

약 한 시간 후, 제임스 쿠퍼가 실려 갔다는 병원에서 연락이 왔다.

통화를 마친 로널드 데일이 현일에게 소식을 전해주었다.

그의 어두운 표정이 결과를 짐작케 했다.

"중상이랍니다. 상대 차가 왼편에서 들이박았는데, 팔이 부러졌다고 합니다……."

"생명에 지장은 없고요?"

"네."

"그건 불행 중 다행이지만, 큰일인데요. 아직 마지막 장면이 남아 있을 텐데."

"아무래도 촬영 기한 전에 퇴원은 못할 모양입니다."

현일이 잠시 생각하고는 입을 열었다.

"벤은 어떨까요?"

"벤?"

"벤 맥티비시."

어디서 많이 들어본 이름이었다.

이내 그 이름의 주인공을 떠올린 로널드 데일은 손뼉을 마주쳤다.

"아! 리얼리티 드래곤즈의 보컬리스트."

"엔딩곡이 리얼리티 드래곤즈의 노래이기도 하고, 벤의 얼굴이 진범의 프로필과 잘 어울리지 않습니까? 무엇보다 마케팅도 끝내줄 겁니다."

확실히 벤 맥티비시의 날렵한 인상은 로널드 데일이 생각하기에도 저격수의 이미지와 잘 어울렸다.

"하지만… 그러면 개런티를 많이 줘야 할 것 같은데요… 저도 애초부터 저예산을 가정하고 기획안을 올린 거라 딱 그에 맞춰서 예산을 받은 겁니다."

"그러니 협상을 해봐야죠."

"어떻게 말입니까?"

＊　　　　＊　　　　＊

"미스터 맥라렌."

"미스터 데일."

둘은 손을 맞잡고 흔들었다.

로널드 데일의 옆엔 현일이, 맞은편엔 제레미와 벤이 착석했다.

먼저 입을 연 것은 제레미였다.

"그러니까… 벤 씨를 귀하의 영화에 출연시키고 싶다. 이 말씀이시죠?"

"예. 더도 말고 덜도 말고 딱 일분이면 됩니다."

벤이 끼어들었다.

"저는 더 많이 나오고 싶은데요."

"하하하… 저도 마음 같아선 그러고 싶습니다만 여러 가지로 힘들 것 같네요."

"쳇."

"저도 벤 씨의 분량이 너무 아쉽습니다. …아! 이런 건 어떨까요?"

제레미의 뇌리가 번뜩였다.

"마지막 장면에 저격수가 대사를 하고 나서 돌아설 때, 걸어가면서 음악을 듣는 겁니다. 그리고 이어폰에서 'Stop Crying'이 나오는 거죠. 그걸 BGM으로 깔아서 자연스럽게 엔딩 크레딧으로 연결시키는 겁니다."

"그런 방법이!"

셋은 약속이라도 한 듯이 동시에 고개를 끄덕였다.

그다음은 로열티에 대한 문제였다.

"일분이 조금 넘으니까 만 달러로 합……."

"오천."

"구천."

"오천 오백."

로널드와 제레미가 로열티에 대한 문제를 처리하는 동안, 벤은 양해를 구하고 현일과 이야기를 하기 위해 자리를 비웠다.

"저번에 저희 연습실에 찾아오셨을 때 엄청 놀랐습니다. 알렉스가 매우 기뻐하더군요."

"그런가요."

"이제 우리와 음악을 같이하실 때도 됐지 않습니까?"

"네, 그렇죠."

"그러지 마시고 저희 연습실에 오셔서… 예?"

"그런데 하나 걸리는 게 있어서……."

현일은 일부러 뜸을 들였다.

현일 또한 어서 리얼리티 드래곤즈의 신보를 제 손으로 만들고 싶어서 몸이 근질근질하던 참이었다.

다만 하나 짚고 넘어가야 하는 부분이 있을 뿐.

"예, 뭡니까?!"

"저는 제가 직접 프로듀싱을 맡지 않으면 작업이 잘 안 되는 타입이라서요."

즉, 본인을 프로듀서 자리에 앉혀달라는 뜻이었다.

'미국은 프로듀서의 힘이 너무 커.'

물론, 한국이라고 작은 건 아니었다.

그러나 미국은 프로듀서의 입김이면 없던 멤버도 끼워 넣고, 진행하던 프로젝트도 무산시킬 정도의 힘이 있다.

"그럼… 작곡가님은 차기 앨범을 하나부터 열까지 다 작업하고 싶은 겁니까?"

"예."

그게 프로듀서의 역할이니.

"앨범 전곡을?"

고개를 끄덕였다.

"어… 음… 제레미에게 말씀드려 보겠습니다."

벤은 알렉스가 기뻐서 날뛰는 모습이 눈에 선했다

*   *   *

뉴욕 시 영화관.

현일은 '코인 텔레폰 부스'가 개봉한 후 둘째 주에 영화관을 찾았다.

'몇 번이고 본 영화지만 다시 봐도 재밌단 말이야.'

그도 그럴 것이, 오직 작중 인물의 대화로만 진행되는 서스펜스 스릴러물이기 때문에 대본의 구성이 매우 치밀하고 흥미진진하기 때문이었다.

현재 관객들의 반응처럼.

['코인 텔레폰 부스' 관객들이 선정한 몰입도 최강의 영화!]

[예산 대비 최고 수익률을 거둬…]

[시사회에서 극찬을 받은 '코인 텔레폰 부스' 지난 주 관객 예매율 1위에 등극!]

[리얼리티 드래곤즈의 벤 맥티비시 출연! 영화배우 데뷔하나…]

[현업 작곡가들, '코인 텔레폰 부스'의 OST에 찬사를 보내다!]

그저 1분 남짓한 짧은 시간동안 얼굴 비추는 게 전부였지만, 어쨌거나 저쨌거나 마케팅은 좋았다.

관객들을 대상으로 추첨을 통해 리얼리티 드래곤즈의 앨범이나 티셔츠를 나눠주는 등.

배급사와 영화사도 유니버셜 뮤직과 협력해 적극적으로 로널드 데일의 영화를 밀어주었다.

영화를 찍는데 들어간 예산의 거의 천배를 매출로 뽑아냈으니 그럴 만도 했다.

'역시 재밌었다.'

만족스럽게 휴식을 즐긴 현일.

"작곡가님?"

"어, 어? 저기 있다!"

"저기요! 잠깐만요!"

"작곡가님 맞으시죠? 저기요?!"

'윽! 이런……'

정체를 알 수 없는 일단의 무리가 현일을 쫓아오기 시작했다.

십중팔구는 다른 영화 제작사의 캐스팅 디렉터 같았다.

'하여간 실력 발휘 좀 하면 날파리가 꼬여든다니까.'

아마 호텔 안으로는 따라 들어올 수가 없어서 뒤를 밟은 모양
이었다.

그래서 그들을 피하려고 다른 곳으로 발걸음을 돌렸는
데…….

"작곡가님! 한 말씀만 해주시죠!"

이번엔 기자였다.

현일은 정공법을 쓰기로 결정했다.

"뭘 말입니까?"

"어떻게 그런 OST를 만들 수 있는 겁니까?"

"글쎄요. 운이 좋았나 봐요."

"그럼 그게 다 순전히 운으로 만들어진 음악들이란 겁니까?"

"그럴지도 모르죠. 우선 나가게 해주지 않을래요?"

어느새 하나둘씩 몰려드는 캐스팅 디렉터들.

"작곡가님! 다음 작품은 저희랑 하시죠!"

"저 회사 구립니다! 저희랑 합시다!"

"무슨 소리! 이미 우리랑 계약했거든?"

"웃기고 있네! 내가 그 수작에 또 속을 줄 알아?!"

"진짠데!"

"애초에 이미 계약을 했으면 여기서 따라다니고 있을 이유가 없잖아!"

"…쳇, 생긴 것과는 달리 똑똑하군."

"뭐, 뭣이?!"

곧, 한바탕 소란이 벌어지기 전에 현일이 입을 열었다.

"전 이제 영화 음악은 안 합니다."

현일을 호시탐탐 노리고 있던 캐스팅 디렉터들에겐 폭탄과도 같은 선언.

분위기가 살벌해지던 이곳에 갑작스럽게 정적이 내려앉았다.

"…뭐라고요?!"

현일의 앞을 가로막았던 언론사의 여기자가 당황한 표정을 지우고 침묵을 깼다.

"그럼 정말 운이 좋아서 그런 건가요?!"

"그럴지도 모르죠. 아무튼 전 이만 가보겠습니다."

"작곡가님? 작곡가님?!"

현일은 여전히 굳어 있는 캐스팅 디렉터들 사이를 제치고 종종걸음으로 영화관을 벗어났다.

두 번 다시 영화 음악을 안 하겠다는 뜻은 아니었다.

다만 잠시간의 휴가를 방해받는 게 싫었기도 하고, 한동안 영화와는 멀어질 생각이니 딱히 거짓말도 아니었다.

'막상 밖으로 나오니 갈 데가 없네.'

아무것도 모르는 뉴욕.

이 넓은 땅에 아는 사람 하나 없으니 새삼 한국의 음식과 사람들이 그리워졌다.

특히 한지윤이.

'…여기선 알아보는 사람도 없을 텐데.'

어쭙잖은 변장도 필요 없다.

마음껏 시내를 손잡고 누비며 맛있는 것도 먹고, 관광 명소에도 가고, 디즈니랜드도 가보고, 영화도 보고 이것저것 하고 싶은 것은 다 할 수 있을 것이다.

물론, 방금처럼 현일을 알아보는 사람들이 있으면 조금 곤란해지겠지만.

'…그냥 확 데려와 버릴까?'

말마따나 알아보는 사람도 없으니.

보고 싶었다.

그녀의 목소리도 듣고 싶었다.

'카톡이라도 해야지……'

현일은 자동차에 탄 뒤에 스마트폰을 꺼내 카카오톡을 열었다.

'……'

그런데 어째서일까.

현일의 손은 김성아의 카카오 통화 아이콘을 터치하고 있었다.

통화 종료 아이콘을 터치하려던 손가락이 왠지 모르게 머뭇거렸다.

'이 참에 확실히 말해 버릴까?'

사람과의 관계를 전화로 정리하는 것도 싫었다.

하지만 김성아가 마음고생 하는 것을 내버려두는 건 더욱 싫었다.

이런저런 생각으로 마음이 착잡하던 차.

김성아가 전화를 받았다.

＊　　　　　＊　　　　　＊

MK 엔터테인먼트.

"컷!! 오 분만 쉬었다가 다시 합시다!"

"예엡!"

이십 분이었지만, 고된 촬영이었다.

감독의 외침에 배우와 제작진들은 일제히 얼굴에 미소를 그렸다.

"방금 신도 좋았어요. 계속 이렇게만 해주세요."

"고마워요. 감독님."

신작 드라마를 촬영하는 중이었던 김성아.

그녀는 무음 상태였던 전화기의 벨소리를 켜기 위해 스마트폰을 꺼냈다.

그런데 마침 전화가 왔다.

화면에 뜬 이름을 보고 절로 함박웃음이 그려지는 그녀의 얼굴.

김성아가 전화기를 얼른 귀에 붙였다.

"작곡가님!"

—성아야.

"무슨 일이에요? 갑자기 전화를 다 주고."

왜 연락했을까.

'앨범 준비?'

아직 말을 꺼낸 적은 없었는데.

―잠시 할 말이 있어서.

한동안 연락이 드물어 섭섭했던 그녀의 마음이 현일의 목소리에 사르르 녹아내렸다.

"네, 말씀하세요."

―……

잠시 정적이 흘렀다.

―…아무것도 아냐. 쓸데없이 전화했네.

"왜요? 무슨 일 있어요?"

―아니야.

"요즘 일이 잘 안 되시나요?"

―그런 거 아니고… 영화 한 편 작업했어. 곧 한국에서도 개봉할 거야.

"한국이요?"

―응. 미국에 있거든.

어쩐지 카카오 전화로 하더니 그런 이유였던 모양이었다.

"아… 언제 가신 거예요? 언제 돌아와요?"

―좀 됐지. 두세 달 전쯤? 아마 좀 오랫동안 있을 것 같은데.

"그럼 저도 갈게요!"

―응?

"아, 아니… 그게… 아! 제가 조만간 미국에서 촬영을 하거든요. 그래서 가는 김에 한 번 얼굴이나 보자는 뜻이었어요."

―그렇구나. 잘됐네.

김성아는 속으로 안도의 한숨을 쉬었다.

"네. 미국에 도착하면 연락할게요."

─응. 언제쯤 오는 거야?

"아마 한 달은 안 걸릴 거예요."

─알았어. 기다릴게.

어째서 그런 거짓말을 했을까, 미국에 일 따윈 있지도 않았다.

그저 현일이 보고 싶었을 뿐.

'왜 그런 거지……?'

아무것도 아니라는 현일의 말.

그 전에 뜸을 들였다.

분명 뭔가 하고 싶은 말이 있을 터.

'설마……?'

실로 오랜만에 가슴이 두근거렸다.

김성아는 촬영이 끝나자마자 부푼 마음을 안고, 소속사로 달려갔다.

"대표님!"

"어?"

"저 미국으로 보내주세요!"

"뭐?"

대표가 당황했다.

갑자기 문을 열고 들어와서 하는 말이 미국으로 보내달라니.

"무슨 일이야?"

"미국에서 뭐 한국인 등장인물 필요한 곳 없어요? 뭐라도 좋으니까 저로 꽂아주세요."

"너 예전에 미국에 안 가겠다고 했잖아. 안 그래도 그때 미국에서 찾아왔던 캐스팅 디렉터 다 쫓아낸 거 기억 안 나?"

"그러니까 어떻게든 해달라구요!"

"너 왜 이래? 오늘 안 좋은 일이라도 있었어?"

오히려 좋은 일이 있었지.

김성아는 흥분을 가라앉혔다.

이렇게 막무가내로 나가서는 될 일도 안 되는 법이다.

"하아… 죄송해요. 조금 급한 일이 있어서 그래요. 어떻게 안 될까요?"

"흐음…….."

이제 와서 다시 전화해 봤자 문전박대나 안 당하면 다행일 것이다.

그는 잠시 생각하고는 고개를 저으며 말했다.

"역시 안 되겠어."

"어째서요?!"

"지금 있는 스케줄만으로도 빠듯한데, 어떻게 미국으로 왔다 갔다 하겠냐? 시간도 시간이지만, MK 엔터의 사장으로서 널 그렇게까지 혹사시킬 수는 없다."

김성아는 다시금 깊은 한숨을 내쉬었다.

그냥 안 된다는 것도 아니고, 너무 정당한 이유였다.

'어쩌지? 이미 작곡가님한테 말해 버렸는데…….'

어쩌자고 그런 짓을 했을까.

그녀는 마음속으로 저울질을 해보았다.

현일에게 거짓말을 털어놓고 미국행을 포기하는 것.

대표와 담판을 짓는 것.

이내 저울이 기울었다.

탁!

"······?!"

김성아는 대표의 사무용 책상에 거칠게 손을 얹었다.

거짓말을 털어놓는다?

아니, 거짓말을 진실로 만들면 될 뿐이다.

"제 말대로 안 해주시면 저 MK 엔터를 떠나겠어요!"

"뭐, 뭣이?!"

"아니, 연기고 뭐고 다 때려치우고 거예요!"

김성아 하나만 믿고 있는 MK 엔터.

그녀와 그녀의 아버지 덕분에 이렇게 클 수 있었지만, 그리고 장래가 촉망받는 연습생도 더러 있었지만, 아직은 그녀의 네임 밸류가 필요하다.

'뭔가 사정이 있겠지······.'

그녀가 이유 없이 의리를 저버릴 위인(爲人)이 아님을 알고 있었기에, 대표는 하는 수 없이 고개를 끄덕였다.

"어떻게든 방법을 찾아보마."

＊　　　＊　　　＊

'어쩌자고 그런 짓을 했을까.'

모르겠다.

그냥 손이 저절로 움직였다.

아무래도 아직은 김성아에게 한줌의 미련이 남아 있었던 모양이다.

'이번에 만나면 확실하게 전해야겠지.'

현일은 다짐했다.

아무튼 바로 미국으로 날아오진 않을 테니 그동안 미국 여행도 좀 하다가, 리얼리티 드래곤즈와 차기 앨범 프로듀싱에 대한 논의도 하면서 시간을 보냈다.

주로 현일을 프로듀서로 지명하는 것에 대한 논의였는데, 유니버설 뮤직에서는 내부적으로 회의를 해보겠다는 답변을 들을 수 있었다.

그렇게 약 2주쯤 지났을 때, 김성아가 미국으로 찾아왔다.

—공항으로 안 오셔도 돼요. 제가 뉴욕에서 유명한 레스토랑 예약해 놓았으니까 거기서 봐요. 위치는……

현일은 김성아의 메시지를 확인하고 호텔을 나섰다.

전화를 하면서 그녀가 안내해 주는 대로 차를 몰고 가니 그녀가 손을 흔들고 있는 것이 보였다.

"왔어요?"

"내가 할 말인데? 아무튼 오랜만이야."

간단하게 인사를 하고 주차를 하니, 직원이 레스토랑 내 예약한 자리로 안내해 주었다.

착석한 그녀가 입을 열었다.

"여기가 뉴욕에서 제일가는 호텔은 아닌데 음식만큼은 제일이래요. 맛있을 거예요."

왜인지 현일은 자신이 미국으로 초대받은 기분이었다.

"주문하신 거 나왔습니다. 맛있게 드세요."

어쨌든 그녀의 말대로, 음식의 맛은 현일이 묵고 있는 호텔의 그것과 비교를 불허했다.

현일이 어떤 마음으로 이 자리에 왔던지 간에 김성아와 함께 하는 시간은 꽤 즐거웠다.

오랜만에 보는 얼굴이라 반갑기도 하고.

"…그래서 미국에 온 거군요? 그런데 영화 음악이라니… 전 어디서 제2의 폴 포츠라도 발굴하러 간 건가 했는데."

현일이 어깨를 으쓱거렸다.

"그런 우연이 있다면 마다할 이유 없지."

"다른 기획사 사장님들 보면 미국에서 열심히 데모 시디 돌리던데, 작곡가님은 그런 거 안 해요?"

"안 하지. 아마 리얼리티 드래곤즈랑 같이 음반 작업을 할 것 같아서."

"정말이요?"

"아직 확실한 건 아니고."

"잘됐으면 좋겠어요."

"고마워. 근데 너는?"

"크흡!"

김성아가 지레 놀라며 마시던 물을 급하게 꿀꺽 삼켰다.

"괜찮아?"

"네?! 아, 네! 괜찮아요!"

아직 MK 엔터의 대표에게서 연락이 오시 않았다.

즉, 미국에서 어떠한 활동도 계획에 없다는 말이다.

아직은.

"조심 좀 하지."

어쨌든 먹던 물이 사레들린 덕분에 이 이야기는 어물쩍 넘어 갈 수 있었다.

"잠시 딴 생각을 하느라……."

그녀는 빨리 화제를 돌리기 위해 작게 헛기침을 하고는 말했다.

"다 드셨으면 일어날까요? 우리 다음은 어디 갈까요?"

"음… 글쎄? 브로드웨이로 갈까?"

"뮤지컬 보러요?"

"그것도 괜찮지."

"그럼 가요."

이것저것 따져볼 것도 없이 얘기가 나오자마자 둘은 자리에서 일어났다.

무슨 말이라도 꺼내고 싶은지, 그녀는 주차장에서 현일의 차 를 보곤 물었다.

"렌트 카예요?"

"리스한 거지. 운전도 손에 익고 해서 괜찮은 걸로 했어."

남선호가 타고 다니던 스포츠카는 아니지만, 같은 회사인 BMW의 7시리즈 모델이었다.

"역시 좋네요. 독일 차는."

"그러게. 왜 여태 안 샀을까 후회될 정도야. 그보다 어떤 거 볼까?"

"캣츠요. 저 맨날 봐야지 생각만 하다가 잊어먹어서 여태 못 봤거든요."

"오케이. …젤리클 젤리클 캣~"

현일은 차의 시동을 걸며 캣츠의 뮤지컬 노래를 흥얼거렸다.

그러자 김성아가 아쉬운 표정으로 물었다.

"이미 보셨어요?"

"응? 아니. 그냥 OST만 들어본 거야."

사실이었다.

현일은 피식 웃으며 말을 이었다.

"뮤지컬 쪽에도 손을 뻗어볼까 하고 들어봤지."

김성아가 눈을 빛냈다.

"그래요? 작곡가님이라면 분명히 좋은 뮤지컬을 만드실 수 있을 거예요!"

"그럴까? 한번 생각해 볼게. 그러고 보니 너, 연기자 겸 가수잖아. 너를 주연으로 쓰면 딱이겠네. 연기도 잘하고 노래도 잘하고."

"하하하. 작곡가님이 뮤지컬 하시면 꼭 제가 들어갈게요."

현일은 농담 반 진담 반이었지만, 말하면서도 썩 괜찮은 아이디어라는 생각이 들었다.

'진지하게 고민해 볼 필요가 있겠는데.'

영화 음악을 안 하겠다고 선언한 이유.

그 속엔 다른 의미도 있었다.

드라마나 영화 등의 OST는 현일 자신의 이름을 업계에 알리는 데에 훌륭한 발판이지만, 정작 GCM 소속의 가수들이 그 수혜를 직접적으로 입지는 못한다.

'물론 맥시드처럼 방송 활동도 겸하는 경우엔 다르긴 하지만.'

하지만 뮤지컬이라면?

언젠가 GCM 엔터테인먼트는 가수뿐만이 아니라, 배우까지 키울 수 있는, 정말 대한민국 최고의 연예 기획사로 거듭날지도 모른다.

그리고 다시 뮤지컬로 배우를 키우면 다시 전문 가수나 배우로서 영화에까지 진출할 수도 있고 말이다.

"근데 괜찮겠어? 뮤지컬은 되게 힘들 텐데. 한 시간을 넘게 공연하는 것도 많은데, 당장 캣츠도 러닝 타임이 백십 분이잖아. 것도 주연이면 더 힘들 거고."

"그거야 음악을 만들어야 되는 작곡가님도 마찬가지죠. 제가 하게 되면 그 정도는 감수할 수 있어요. 뭣보다 저는 원래 배우라구요? 한 시간이면 준비운동 수준에 불과하죠."

"그래?"

현일이 씨익 웃었다.

한번 춤을 추면서 2옥타브 후반에서 3옥타브를 넘나드는 노래를 한 시간 동안 불러보게 시켜보고 싶다는 짓궂은 생각이 들었다.

만약 뮤지컬을 정말로 하게 된다면 말이다.

'그럼 유림이를 거기에 꽂아 넣으면 되겠다.'

"로버트 PD님."

"이게 뭔가?"

제프리 하디가 가져온 신문 기사에 크리스 로버트가 미간을 좁혔다.

[영화 음악은 안 한다! 폭탄선언!]

"보시다시피… 그렇다고 합니다."

"끄응… 이런 인재를 놓치다니…….''

크리스 로버트는 한숨을 뱉으며 머리를 긁적였다.

음악 감독의 자리를 어떻게든 만들어볼 섯을.

괜스레 후회가 되었다.

제프리 하디가 뒷머리를 긁적였다.

"…죄송합니다. 제가 어떻게든 잡았어야 했는데."

"그럴 것 없어. 설마하니 그가 영화 음악을 다신 안 하겠다고 할 줄 누가 알았겠나?"

그는 그렇게 말하고는 나지막이 중얼거렸다.

"마음이야 어떻게든 돌려놓으면 되겠지."

크리스는 의자를 뒤로 젖히며 생각에 잠겼다.

*   *   *

"정말 재밌었네요. 그쵸?"

"그러게. 여태 왜 안 봤을까?"

"제 덕분에 좋은 기회 얻으신 거예요."

김성아가 배시시 웃고는 물었다.

"어떻게, 뮤지컬 공부는 좀 되셨어요?"

"음… 어느 정도는. 나중에 박희신 가수 뮤지컬 공연도 찾아 봐야겠어."

"기대할게요. 그나저나 이제 어디 갈래요?"

"뭐 먹자."

"또요? 배 안 불러요?"

"먹으면 또 들어가지. 오랜만에 만났는데 간단한 거 먹으면서 이야기라도 하자고."

"그래요, 그럼. 메뉴는?"

"갑자기 초밥이 먹고 싶네."

그렇게 둘은 일식집으로 향했다.

뉴욕에도 찾아보면 초밥 집은 있으니.

쏴아아.

"갑자기 비가 오네."

비가 내리는 날이면 왠지 감수성이 풍부해진다.

그건 김성아도 마찬가지인 모양.

빨간불을 점등하는 신호등 앞에서 멈춘 차.

그 안에서, 현일이 기어에 올려놓은 손을 그녀의 손이 조심스럽게 덮었다.

"……"

"작곡가님."

"응……?"

"저 어떻게 생각해요?"

갑자기 이렇게 공격적으로 나올 줄이야.

현일은 당황한 기색을 가까스로 감추고 대답했다.

"좋은… 배우지. 훌륭한 가수고."

"그러시구나."

김성아가 무덤덤하게 말하며 슬며시 덮었던 손을 떼었다.

그녀의 손이 흠칫 떨렸던 건 현일의 착각이었을까.

그녀가 창문 밖을 쳐다보며 말했다.

"작곡가님도 정말 좋은 사람이에요."

*　　　　*　　　　*

다음 날.

'다행이라고 해야 하나.'

어젯밤엔 김성아와 회 초밥을 먹고 나서 평소처럼 좋은 얼굴로 헤어졌다.

앞으로도 마주쳤을 때 얼굴 붉힐 일은 없을 것 같았다.

아마 그녀도 차 안에서의 일로 현일이 자신에게 마음이 없음을 알아챘을지도 모른다.

'차라리 그랬으면 좋겠는데……'

물론, 아예 마음이 없는 건 아니다.

김성아는 명실상부 대한민국 톱스타이고, 그 명성만큼이나 미인인 여자니까.

그런 사람이 자신을 좋아한다니, 그저 감사할 따름이지만 이미 현일에겐 한지윤이 있었다.

착잡한 기분을 전환시키듯 현일에게 한 통의 전화가 왔다.

발신자가 알렉스인 걸 보니 아무래도 회의에 대한 내용인 모양이었다.

─작곡가님. 회의 결과가 나왔습니다.

'역시.'

현일은 침대에 누워 있던 상체를 벌떡 일으키며 기대 반 의심반으로 물었다.

"그래요? 뭐라덥니까?"

─통과됐습니다. 차기 앨범은 작곡가님께서 프로듀싱을 맡을 겁니다.

"그렇군요."

─삼 일 후에 유니버셜 뮤직으로 오시면 됩니다.

"네."

아마 리얼리티 드래곤즈, 특히 알렉스 베네딕트가 현일의 프로듀서 임용을 강력하게 주장했을 것이다.

'그 친구한텐 나중에 술이라도 한잔 사야겠어.'

현일은 전화가 끝나자마자 안도했다.

"휴……."

프로듀싱을 맡았으니 방해할 사람은 없겠지만, 눈총은 있을 것이다.

어디서 굴러먹던 작곡가가 갑자기 유니버셜 뮤직에 낙하산을 타고 프로듀서 직함을 달고 내려왔다고.

아무리 미국이 능력 중심의 사회라고는 하지만, 본래 사람들의 마음이란 게 동양이나 서양이나 다 비슷한 법이다.

그래서 직원들이 겉으로 내색은 안 한다 쳐도, 은근히 그런 시선이 걱정되기는 했다.

'그럼 실력으로 눌러줘야지.'

리얼리티 드래곤즈의 음악을 작업하는 것도 두 번째다.

그렇기에 자신감이 생겼다.

알렉스가 통보한 날짜는 삼 일 뒤.

현일은 지금 당장 곡을 구상했다.

하루라도 빨리 미국에서 입지를 다져놓고 싶었다.

그래야 한국으로 돌아갈 날이 조금이나마 앞당겨질 테니.

보고 싶은 사람이 너무 많으니까.

　　　　*　　　　　*　　　　　*

유니버설 뮤직.

'이곳이 새로운 직장이구나.'

한 회사의 대표가 아닌, 일개 직원으로 다시 시작한다는 게 두근거리기도 하고, 어색하기도 하고.

좌우지간 꽤나 복잡한 기분이었다.

'시작'이라고 하기엔 직함이 좀 애매하지만 말이다.

"안녕하세요."

"예. 이쪽으로 오시죠. 아, 그리고 이건 제가 가져왔습니다. 목에 걸어주세요."

제레미가 현일이 쓰게 될 사원증을 건네주었다.

"아무래도 직원들이 프로듀서를 못 알아보면 곤란해질 테니까요."

그는 현일의 긴장을 풀어주기 위해 농담을 던지면서 작업실로 안내해 주었다.

현일은 문득 궁금해져 물었다.

"제레미 씨는 리얼리티 드래곤즈만 관리하시는 건가요?"

"아뇨. 'Fifth Unity'와 'The Brand Knew'도 제가 담당하고 있죠. 최근에 유니버설 뮤직과 계약한 밴드가 하나 있는데, 그 밴드도 제가 담당하게 될 것 같아요."

"전부 락 밴드네요."

제레미가 어깨를 으쓱거렸다.

"어쩌다 보니 그렇게 됐군요."

모두 세간에서 내로라하는 밴드들.

새삼 제레미 맥라렌의 위치가 어느 정도인지 실감할 수 있는 대답이었다.

"여깁니다."

"오."

절로 감탄사가 나올 만큼 작업실 내부의 인테리어는 고급스러웠다.

"어서 오십쇼!"

그리고 그곳엔 리얼리티 드래곤즈가 미리 기다리고 있었다.

"앉아서 이것 좀 드시죠."

제레미가 의자 하나를 쭉 빼며 말했다.

중앙의 테이블엔 갓 구운 듯한 쿠키와 따뜻한 커피가 놓여, 코를 즐겁게 해주었다.

"자유로운 분위기네요."

"본격적으로 회의에 들어가면 무거워질 겁니다. 하하."

"인원은 이게 답니까?"

그 물음에 제레미는 손목시계를 보고는 대답했다.

"물론 아니죠. 곧 오겠네요."

의자에 앉아서 쿠키를 먹으며 리얼리티 드래곤즈와 수다를 떨고 있으니, 하나둘씩 사람이 오기 시작했다.

제일 먼저 온 사람은.

"엔지니어! 오웰 딘이라고 합니다. 소문 많이 들었습니다. 영화도 봤고요."

"하하. 감사합니다."

호감형 인상의 남자였다.

그가 손을 내밀며 작게 말했다.

현일만 들을 수 있을 정도로 작은 소리로.

"아마 작곡가님은 여기서 달갑지 않은 사람일 겁니다."

"예?"

"제가 그랬거든요."

"아……"

현일은 무슨 뜻인지 알겠다는 듯 고개를 끄덕였다.

오웰 딘 또한 현일과 비슷한 방법으로 유니버설 뮤직에 오게 된 모양이었다.

"실력으로 인정받는 게 최선입니다."

그가 피식 웃으며 말을 이었다.

"제가 그랬거든요."

"충고 감사합니다."

"앨범 디렉터, 제인 레미라즈예요."

"음반……"

관련자들이 스스로를 소개해 왔다.

한데, 왜인지 그들의 웃음은 조금 어색한 감이 있었다.

괜스레 오웰 딘의 말이 신경 쓰였다.

'아니면 단순히 초면이라서 그런 걸지도 모르고.'

긍정적으로 생각했다.

"이제 인원이 다 모인 것 같으니 시작하시면 되겠네요."

제레미는 그 말을 끝으로 회의실을 벗어났다.

현일이 먼저 입을 열었다.

"그럼 우선 리얼리티 드래곤즈의 의견부터 들어보죠. 차기 앨범의 콘셉트는 생각해 두신 게 있나요?"

"네. 다음 작은 기타에 포커스를 맞춘……."

현일은 궁금해서 물어본 게 아니었다.

이미 그들과 연습실에서 몇 번이고 나눴던 의견들이었다.

이 회의는 단순히 그것들을 복기하고, 확인하는 것에 지나지 않았다.

"제 생각엔……."

종종 다른 이들의 말도 들어보고, 괜찮은 건 채택하기도 하면서 말이다.

"그럼 결정 났네요. 일단 멜로디를 쓸 테니 리얼리티 드래곤즈는 틈틈이 가사를 써주세요. 멜로디에 따라 조금씩만 손보면 될 겁니다."

이어 회의가 끝나고, 흡연실에 가니 제인 레미라즈가 보였다.

늘씬한 미인인 그녀가 담배를 물고 있는 모습은 자못 도발적인 매력이 있었다.

아까 전 회의에서 본 바로는 실제 성격도 외모와 비슷하다고 느껴졌다.

까다로운 성격이긴 해도, 겉과 속이 같은 사람은 그리 싫지만은 않다.

현일을 발견한 제인이 물었다.

"기타라고 했던가요?"

"그랬죠."

"리얼리티 드래곤즈는 예부터 어떤 파트도 튀어나오지 않게끔

밸런스를 잘 맞췄던 밴드예요. 그런데 갑자기 기타를 메인으로 두겠다니요? 기존 팬들이 다음 앨범을 사지 않으면 어쩌실 건가요?"

"기존 팬들과, 기타에 환장한 잠재적 팬들. 두 마리 토끼를 다 잡을 겁니다."

"자신이 있으신가 보죠?"

"레미라즈."

"네?"

"여기서 일하신 지 얼마나 되셨죠?"

"사 년이에요."

"꽤 빠른 시간에 앨범 디렉터가 되신 거군요."

"네, 그런데요?"

"본인 할 일이나 열심히 하라고요. 음악을 어떻게 만들지는 제가 알아서 합니다."

"……"

그녀는 거의 다 타들어간 담배를 들고 멍하니 서 있다가 이내 재떨이에 비벼 끄고는 빠른 걸음으로 흡연실을 나갔다.

"뭐야? 진짜!"

여태껏 많은 수의 상급자를 비슷한 식으로 길들일 수 있었다. 미인계와 적절한 밀당식 대화로 말이다.

허나, 단 하나 통하지 않는 부류가 있었다.

세상에서 자기가 제일 잘난 줄 알며, 남의 말은 귓전으로도 듣지 않는 사람.

'저 신입 PD가 딱 그런 인간이야.'

현일 같은 상급자가 그녀의 인생에서 예전에도 한 번 있었다.

엔지니어에서 앨범 디렉터로 올라오기까지 사 년.

자신은 삼 년이면 충분하다고 생각했고, 실제로도 그만큼 인정받았다.

유니버셜 뮤직으로 이직을 한 첫 해, 저 신입 프로듀서와 비슷한 상관을 만나기 전까지는 말이다.

'낙하산 주제에……'

공교롭게도, 그 상관 또한 인맥으로 들어온 인간이었다.

무능한 탓에 다른 데로 전출 갔다는 소식을 들었을 땐 날듯이 기뻤지만, 여전히 잘 먹고 잘 살고 있다는 소문을 들었을 땐 이가 갈렸다.

한데, 낙하산 프로듀서가 맡은 아티스트가 다른 누구도 아니고 리얼리티 드래곤즈라니.

'말도 안 돼!'

심지어 나이도 어리지 않은가.

자신이 옳다는 것을 반드시 증명해 주고 말리라.

제인 레미라즈는 그렇게 다짐했다.

*   *   *

호텔.

앨범 디렉터.

여기, 그러니까 유니버셜 뮤직에서는 앨범의 마케팅을 담당하는 직책이었다.

현일은 좀 대충 갖다 붙인 이름 같다고 생각하며 고개를 주억였다.

'잘한 짓이었어.'

자신이 담당하는 분야에선 막강한 권한을 행사할 수 있지만, 제작에 관해서는 일절 터치할 수 없다.

현일의 입장에선 주제넘은 짓이다 이 말이다.

제인 레미라즈처럼 미국에서 나고 자란 건 아니지만, 적어도 미국의 음악에 관해서는 그녀보다 잘 안다고 자부할 수 있었다.

분야도 차이도 있지만, 배움과 경험의 깊이가 다르다.

현일은 자신이 어떤 사람인지 구구절절 늘어놓고 싶지도 않았다.

뮤지션은 음악으로 말할 뿐.

'그 전에 잠 좀 자야지.'

내일부터는 다시 바빠질 테니까.

'아니, 그 전에 통화 좀 하고……'

현일은 한지윤과 한 시간가량 얘기를 나누다가 잠에 들었다.

그리고 다음 날.

끼이익.

'깜짝이야!'

출근을 하러 문 밖으로 나가니 웨이터가 바로 앞에 서 있었다.

"손님."

"네……?"

"손님을 찾으시는 분이 계십니다."

"누가요?"

"크리스 로버트라고 합니다."

약간 당황한 현일의 표정을 보고는 웨이터가 말했다.

"혹시 모르는 분이시면 저희가……."

"아니요. 안내해 주세요."

"따라오시죠."

잠시 후, 로비에 있던 크리스 로버트가 만나자마자 제법 솔깃한 제안을 내놓았다.

"또요?"

현일은 OST를 만들어달라고 부탁하는 크리스 로버트의 말을 듣고는 퉁명스럽게 말했다.

"기자들 있는 데서 OST는 안 하겠다고 했지 않았습니까? 그리고 전 음악 감독이 아니면 안 합니다. 그리고 지금 하는 일도 있고요."

"감독 자리는 드리겠습니다. 비단 미국뿐만 아니라, 한국에서 활동하셨던 OST도 상당한 매출을 올리셨더군요. 그 실적을 모른 척하겠습니까? 물론 지금 하시는 일은 끝날 때까지 기다리겠습니다."

얼굴에 금칠을 해줘도 현일의 얼굴은 뾰로통하기만 했다.

그에 크리스 로버트가 가볍게 웃으며 말을 이었다.

"그리고 제가 부탁드리는 OST는 영화만이 아닙니다."

"그럼요?"

"영화감독인 제가 이런 말을 하긴 참 기분이 뭐한데… 지금 영화 산업보다 게임 산업이 훨씬 큰 건 혹시 아십니까?"

현일은 생각할 것도 없다는 듯 바로 고개를 끄덕였다.

"물론이죠."

"그렇습니다. 제가 아는 사람 중에 지미 카터라고 있는데……."

"정치인이요?"

"아뇨. 그냥 동명이인입니다. 캡티비젼이라는 게임 회사에서 총괄 디렉터를 하고 있는 사람이죠. 그를 소개시켜 드리겠습니다."

소개만으로 끝날 얘기는 당연히 아닐 것이기에, 현일은 마음이 동했다.

"무슨 게임이죠?"

이 질문에 대한 대답에 따라, 응할지 말지가 결정될 것이다.

"Duty Calls You."

*　　　　*　　　　*

한국에선 흔히 '듀콜'이라 줄여서 불리는 'Duty Calls You'

현일은 그 제안에 응해주었다.

'그 게임이면 해볼 만하지.'

딱히 그 게임에 관심이 있어서 그런 게 아니었다.

'Duty Calls You'는 명실상부 세계적인 트리플 A급 게임.

그리고 트리플 A급 게임의 시장은 웬만한 트리플 A급 할리우드 영화를 압도할 정도로 규모가 크다.

전작도 대단히 유명한 OST 작곡가가 음악 감독을 맡았었다.

원래 영화 음악을 전문으로 맡았지만, 게임 업계가 커지면서 방향을 바꿨던 그.

현일이라고 그러지 말란 법은 없었다.

"저기 있다!"

"윽!"

또 어떻게 알고 찾아온 건지, 유니버셜 뮤직 건물 앞을 기웃거리고 있던 한 무리의 기자들이 현일을 발견하곤 냅다 달려왔다.

녹음기를 내밀며 '이젠 OST를 안 한다더니 유니버셜 뮤직과 계약하신 겁니까?'라고 묻는 그들.

각자가 소개하는 언론사들을 보니 유명한 곳은 단 한 군데도 없었다.

"제레미!"

"엇? 작곡가님? 거기서 뭐하세요?"

마침 우연찮게 같은 시각에 출근한 제레미의 도움으로 손쉽게 기자들에게서 벗어날 수 있었다.

"원래 회사 앞까지 찾아오고 저럽니까? 레이블 앞에서 저러는 건 예의가 아닐 텐데."

"평소엔 안 그러죠. 근데 리얼리티 드래곤즈가 워낙 인기여야 말입니다. 작곡가님의 명성도 한몫하고요. 하하하."

"에휴."

"저러니까 저 언론사들이 삼류에 머물러 있는 겁니다. 작곡가님이 이해하세요. 원하시면 사내 숙소라도 제공해 드릴까요?"

"아뇨, 괜찮습니다."

그게 더 불편할 것 같다.

자신의 회사라면 모를까, 퇴근 후에도 회사에서 머무르라니.

"그럼 뭐… 그나저나 프로듀싱은 곧 시작합니까?"

"네. 오늘 바로 들어갑니다."

"벌써 구상이 끝나셨어요?"

"예전부터 생각해 놓은 것도 있고… 이번에는 평소랑은 조금 다른 방식을 써볼 생각이거든요."

"어떤 거요?"

"그런 게 있습니다."

"……?"

현일은 고개를 갸웃거리는 제레미를 뒤로 하고, 리얼리티 드래곤즈가 있는 방의 문을 열었다.

그러자 열심히 기타를 연습하고 있는 알렉스가 보였다.

이내 현일은 거두절미하고 알렉스에게 손을 내밀었다.

"잠깐 빌립시다."

뭘 빌리자는 건지 물을 것도 따질 것도 없었다.

알렉스는 몸에 걸치고 있던 자신의 일렉 기타를 현일에게 냉큼 건네주었다.

알렉스가 평소에는 쓰지 않는 왼손잡이용이었다.

그가 의자를 빼주었다.

"여기 앉으시죠."

"네."

침을 꿀꺽 삼키고 현일을 뚫어져라 바라보는 리얼리티 드래곤즈의 멤버들.

이윽고 현일은 기타 현을 튕기기 시작했다.

멤버들은 귀를 쫑긋 세우고 감상에 젖어들었다.

'오오……! 역시 대단한 연주야…….'

'내 생애 이런 기타리스트를 다시 볼 수 있을까?'

'차라리 기타리스트가 되었다면 좋았을 것을.'

그러나 알렉스의 동공은 지진이라도 날듯이 현일의 손가락을 쫓기에 여념이 없었다.

'젠장할… 하나도 모르겠잖아?'

연주가 대단한 건 대단한 거고, 대체 저런 걸 어떻게 하는지를 알 수가 없었다.

그것도 왼손잡이용 기타로 말이다.

'끄응…….'

며칠 전부터 계속 연습은 하고 있지만, 평생 오른손으로 쳐온 운지법을 어떻게 바꾸란 말인가.

연주를 마친 현일이 알렉스에게 물었다.

"어때요? 할 수 있겠죠?"

알렉스는 잠시 머뭇거리다가 고개를 저었다.

"아직 왼손으로는 익숙하질 않아서……."

그러자 현일이 무슨 소리냐는 듯 말했다.

"오른손으로 하시면 되는데요."

"네?"

"그래미 어워드 공연 때도 잘 하셨잖아요?"

"아!"

알렉스는 곧 깨달았다.

막연하게 현일처럼 되고 싶어서 안 되는 걸 따라하려고 했던 자신의 실수를 말이다.

"악보랑 연주 방법은 제가 따로 써드릴 테니 걱정 마세요."

"정말 오른손으로도 가능한 겁니까?"

현일은 씨익 웃으며 자신 있게 대답했다.

"그래서 제가 프로듀서가 된 겁니다."

*   *   *

알렉스는 매일같이 기타 연습에 매달리는 나날이 계속되었고, 현일은 한동안 쓰지 않던 그래프(현일은 그 능력의 이름을 간단하게 그래프라 명명했다)까지 동원해 악보를 그렸다.

작곡을 하는 것이 아니었다.

그저 리얼리티 드래곤즈에게 들려주었던 즉흥 기타 연주를 녹음한 것을 그대로 악보로 옮기는 것일 뿐.

그래프는 알렉스가 좀 더 능숙하게 연주할 수 있도록 도와주려는 것에 불과했다.

'무아지경에 빠질 수 있게 말이지.'

자신이 기타를 연주하는 건지, 기타가 자신을 연주하는 건지 모를 정도로.

현일은 여느 때와 같이 애를 먹고 있는 알렉스를 찾았다.

그리고는 MP3 파일이 담긴 USB를 건네주며 말했다.

"알렉스. 이걸 들으면서 해봐요."

"이게 뭔가요?"

"마법이죠."

기대 반 의문 반으로 MP3 파일을 스마트폰에 넣은 뒤 이어폰을 귀에 꽂았다.

그러자 귀에 익은 소리가 들려왔다.

"일전에 들려주셨던 그 연주 아닙니까?"

"재녹음했어요. 일단 계속 들어보세요."

"네."

리메이크라도 한 것일까?

그때 들려준 게 너무 좋아서 더 손 댈 것도 없을 것 같은데 말이다.

그러나 3분 남짓한 시간동안, 달라진 건 한 군데도 없었다.

현일이 물었다.

"어떻죠?"

"대단한 곡입니다만… 왜 굳이 이걸 들려주신 건가요? 다른 것이 없는데요."

"그냥 그걸 들으면서 똑같이 따라하면 연습에 도움이 되지 않을까 싶어서요."

"아……."

그 정도야 항상 하고 있던 것이다.

'굳이 재녹음까지 해서 가져올 필요는 없는데.'

어쨌든 현일의 성의를 무시할 순 없으니 알렉스는 음악을 틀고 따라하는 시늉이라도 해보기로 했다.

그런데 웬일인지, 그는 좀 전보다 더 잘되는 느낌을 받았다.

비록 이어폰을 꽂고 있어서 자신의 연주를 실시간으로 모니터링할 수는 없지만, 손가락으로 전해졌다.

더 나아진 것 같은 실력이.

물론, 그게 지금 듣고 있는 음악 때문이라곤 생각할 수 없었다.

사실 손가락은 틀리고 있는데 귀에는 완벽한 연주가 들리니, 나아졌다고 착각하고 있는 게 아닐까라는 생각이 드는 것은 자연스러웠다.

'착각인지 아닌지는 녹음해 보면 알겠지.'

*　　　*　　　*

녹음실.

"바로 들어갑시다!"

그로부터 일주일 후, 알렉스는 신곡의 연주를 완벽하게 숙달했다며 호언장담을 했다.

그는 처음, 아무리 빨라도 한 달은 걸릴 줄 알았는데 어느 순간부터 손가락이 기타줄 주변을 날아다니기 시작했다.

물론 일주일 동안 거의 밤을 새다시피 연습을 거듭한 건 마찬가지긴 하지만 말이다.

현일은 밝은 빛을 띠며 말했다.

"먼저 들어보고 싶은데요."

"물론이죠."

자신 있게 고개를 끄덕이는 알렉스.

과연 그의 말대로 일주일 사이에 눈부신 발전을 보여주었다.

결국 리얼리티 드래곤즈는 현일에게서 그렇게나 기다리던 말을 들을 수 있었다.

"녹음합시다."

그런데.

"잠깐만요!"

앨범 디렉터, 제인 레미라즈의 목소리였다.

현일의 눈썹이 꿈틀거렸다.

"왜 그러시죠?"

"좋아요. 인정하겠어요."

"뭘 말입니까?"

"프로듀서님의 음악 취향을요. 그래도 어느 정도는 타협해 주실 수 있잖아요? 저에게 AD로서 그 정도 권리도 없나요?"

"흠……."

현일은 잠시 고민하더니 말했다.

"그럼 AD님의 의견대로 하면, 더 인기가 있을 거란 보장은 있습니까?"

"물론이죠. 리얼리티 드래곤즈는 여태껏 그렇게 해왔으니까."

그렇게 말하니 꽤 일리가 있긴 했다.

하지만 그거야 누구나 할 수 있는 생각이다.

현일은 퉁명스럽게 대꾸했다.

"그러니까 이제는 새로운 시도를 해볼 때가 됐죠."

그래서 애초부터 자세한 기획하에 만들어진 음악이 아닌, 즉흥적으로 연주한 곡으로 하게 된 거고.

"그게 위험하단 거예요."

"현재에 안주하는 게 더 위험한 거죠. 현상 유지는 가능할지 몰라도, 그렇게 해서야 발전이 있겠습니까?"

"……."

"제가 훈수를 두는 것도 받는 것도 안 좋아하는데, 제가 하기 싫은 짓을 안 할 수 있게 해주셨으면 참 고마울 것 같네요."

그러나 제인은 이대로 굽힐 생각이 없는 것 같았다.

"그래도 최소한의 타협점은 찾아야겠어요. 제 요구를 들어주지 않겠다면, 저 역시도 리얼리티 드래곤즈의 음반 판매를 장담할 수 없겠는데요?"

현일은 슬슬 짜증이 나기 시작했다.

'정말 고집이 센 여자로구만.'

이젠 은근히 협박까지 하며 나섰다.

과연 이 양반을 어떻게 구워삶아야 될까, 고민하고 있을 때였다.

"레미라즈 AD님."

둘의 시선은 동시에 녹음실에서 나온 알렉스에게 향했다.

"뭐죠?"

"프로듀서님의 말대로 따르지 않겠다면 저도 녹음을 하지 않겠습니다."

"뭐라구요?"

"방금 했던 말 그대롭니다. 저와 제 멤버들은 다 마음에 들어서 안달인데, 왜 AD님만 그렇게 반대를 하시는 겁니까?"

"이때까지 한 번에 스타일을 바꿨다가 몰락한 아티스트가 얼마나 많은데요!"

그녀는 이 그룹 저 그룹의 이름을 줄줄이 늘어놓았다.

"그래도 하겠다고요?"

알렉스는 진지한 표정으로 대답했다.

"만약 그렇게 된다면 제가 여기서 떠나겠습니다."

"…네?"

"아니, 계속 반대하시면 지금 당장이라도 떠날 겁니다."

"지금… 리얼리티 드래곤즈를 그만두겠다는 건가요?"

"그럴 리가요. 앞으로 유니버셜 뮤직과 같이 할 일은 없다는 거죠."

그러자 제인 레미라즈는 비릿하게 웃었다.

"그러시든가요. 리얼리티 드래곤즈가 기타리스트 한 명 못 구할까봐."

"그럼 보컬도 같이 구하셔야겠군요."

어느새 옆에서 듣고 있던 벤이었다.

"……?"

그리고 나머지 멤버들도 녹음실에서 나왔다.

"베이시스트도 다시 구하셔야 되겠네요."

"드러머도요."

그 모습에 제인 레미라즈는 그 자리에서 얼어붙었다.

현일과 리얼리티 드래곤즈는 서로를 마주보며 피식 웃었다.

Chapter 9
신기록

제인 레미라즈의 동공에 지진이 일어났다.

리얼리티 드래곤즈가 본인과의 마찰로 유니버셜 뮤직을 나갔다?

그렇게 되면 이후의 일은 상상조차 하고 싶지 않았다.

결국 그녀는 한숨을 쉬며 고개를 돌렸다.

"…알았어요. 마음대로 하세요."

스튜디오를 나가 곧바로 흡연실로 달려가 담배를 입에 물었다.

'이게 아닌데……'

그냥 유니버셜 뮤직에서 자신의 능력을 인정받고 싶었다.

그런데 리얼리티 드래곤즈가 그런 식으로 나올 줄이야.

몇 년 동안 이곳에서 일하던 자신보다 갑자기 나타난 프로듀서가 훨씬 신임을 받는다는 건 기분이 썩 좋지는 않았다.

앨범 디렉터도 하고 싶어서 하고 있는 건 아니었다.

소속 아티스트 광고 좀 넣어달라고 이리저리 뛰어다니는 '을' 입장의 직원이 아닌, 아티스트를 계획대로 움직이는 일을 하고 싶었다.

제레미 같은 치프 매니저 말이다.

그게 더 적성에 맞았다.

그때까지 몇 년을 더 굴러야 할까.

                    *   *   *

'우리 회사도 이런 공연장 하나 있어야 되는데.'

유니버셜 뮤직이 자체적으로 소유하고 있는 돔.

그 무대 중앙에 리얼리티 드래곤즈가 서 있었다.

아직 리얼리티 드래곤즈의 차기 앨범을 발표하기 전.

마이크 테스트가 끝난 벤이 멤버들을 보며 물었다.

"우리 이번 공연에서 차기 앨범 곡 하나만 살짝 보여주자. 어때?"

"발표도 안 한 걸?"

"관객들 가시는 길에 살짝 한 곡 정도는 괜찮잖아? 앵콜을 외치면 하는 걸로."

"지금껏 관객들이 앵콜을 요구하지 않은 적이 있었나?"

언제나 관객은 앵콜을 외쳤으니, 사실상 그냥 하자는 말과 다를 바가 없었다.

벤이 능청스레 웃으며 말했다.

"요즘 선공개하는 가수들이 좀 있더라고. 그런데 우리라고 못 할 거 있어? 어차피 이제 곧 있으면 발표 일자까지 나올 건데."

알렉스가 손을 들었다.

"나는 찬성. 신곡 연주해 보고 싶어서 못 참겠다."

"나도 찬성이야. 앵콜 곡도 늘 똑같은 것만 해서 질렸다, 이젠."

"제레미랑 레미라즈 AD한테 한 소리 들을지도 모르겠는데?"

"그럼 한 소리 듣지 뭐."

"너답다."

그렇게 얼떨결에 신곡을 보여주기로 마음먹은 리얼리티 드래곤즈.

"일단 그 전에 시연부터 해보자. 만약 알렉스가 실수하면 공연을 망쳐 버릴 테니까. 하하하!"

"그래서 연습 많이 했다. 자식아."

"그래, 그래. 믿어줄 테니까 우리 차기 앨범 망하면 네 탓인 거다?"

"그건 좀……."

"흐흐흐!"

"아무튼 시작해 보자."

알렉스의 말에 각자의 악기를 집어든 그들.

♬~

"오오?"

생각보다 좋은 알렉스의 연주에 벤은 마이크에 대고 연신 감탄사를 내뱉었다.

"오올~ 좀 하는데?"

"이 정도쯤이야."

그러나 후렴구로 들어가면 어떨까.

물론 녹음은 마쳤지만, 그때도 알렉스가 몇 번 실수를 하긴 했었다.

'여간 어려운 게 아니지.'

그렇기에 이번 리허설은 알렉스가 라이브 무대에서 실력을 발휘할 수 있을지 보는 의미가 강했다.

벤은 단순히 재미가 아닌, 그런 의도로 제안한 것이었다.

그런데.

"오……."

노래를 부르는 것조차 잊어버릴 정도로 신들린 듯한 알렉스의 기타 플레잉.

이미 벤뿐만 아니라 모든 멤버들이 입과 손을 멈추고 그의 연주만을 감상하고 있었다.

그러던 중, 알렉스가 고개를 들었다.

"…응? 뭐하고 있어?"

"아무것도 아냐."

"그냥 네가 실수하나 안 하나 보고 있었지."

"그러냐? 소감은?"

"괜찮네. 열심히 연습한 것 같다."

"그래? 다행이구만."

예상외로 대단한 연주에 놀랄 정도였지만, 멤버들은 과한 칭찬은 하지 않았다.

칭찬은 고래도 춤추게 한다지만, 괜히 우쭐했다가 곤란한 상황이 벌어질 수도 있으니 말이다.

그건 공연이 끝나고 해도 늦지 않다.

모두 경험에서 우러나온 것이었다.

리얼리티 드래곤즈는 이후에 다른 곡으로도 합을 맞춰보았다.

"자, 이쯤 했으면 된 것 같다. 장비도 다 정상이고. 컨디션도 최상이야."

아무튼 그렇게 리허설을 마치고 대기실에서 농담 따먹기를 하고 있을 동안, 관객들이 모여들기 시작했다.

"언제 들어갈 수 있습니까?"

"이제 시작합니다."

입구에 서 있던 직원이 길을 열어주자 좀비 아포칼립스처럼 모여드는 인파.

"줄 서서 차례대로 입장하세요!"

직원들이 통제에 들어가고 나서야 겨우 정리가 되었다.

이윽고 관객들의 눈앞에 무대가 보이자, 어차피 자신의 자리는 정해져 있음에도 불구하고 후다닥 달려가 잽싸게 착석하는 사람들.

그도 그럴 것이 유니버셜 뮤직의 자체 공연장에서 공연을 한다는 것은 매우 큰 의미가 있기 때문이다.

자사의 아티스트에게조차 공연 기회를 쉽게 내주지 않는 유니버셜 돔.

리얼리티 드래곤즈는 이곳에서의 공연이 오늘 처음이었다.

순식간에 거의 꽉 차버린 객석.

곧이어 리얼리티 드래곤즈의 인트로가 장내에 울려 퍼지고 관객들이 환호를 연발했다.

벤이 마이크를 잡았다.

"오랜만입니다. 여러분."

"와아아아아!"

인트로가 거의 끝나갈 쯤, 벤은 거두절미하고 공연을 준비했다.

"우선 우리의 최고 히트곡인 'Angels'부터 들려드리겠습니다!"

"예에에에에!!!"

그렇게 12곡을 연주하고 나니 땀에 흠뻑 젖어 있었다.

"아쉽게도 여러분들과 헤어질 시간이 다가왔네요."

"에에이~ 앵콜~!"

"앵콜! 앵콜! 앵콜!"

한마음 한뜻으로 외치는 관객들.

"그래서 여러분들을 위해 준비했습니다."

"오오오오~!!"

"저희의 차기 앨범에, 무려 타이틀로 수록 예정인 'Five Pawns'를 들려드리겠습니다!"

"예에에에에!"

관객들은 그 어느 때보다도 격렬한 함성을 내뱉었다.

2만 명이나 되는 사람들이 동시에 소리를 지르자 공연장이 진동하는 듯했다.

"바로 시작할게요!"

곡에 대해서 구구절절 설명도 필요 없었다.

뮤지션은 음악으로 말하는 법.

한 번 들어보면 관객들은 귀로, 심장으로 느낄 테니까.

이내 노래가 시작되었다.

도입부부터 육중하게 울리는 리드 기타 소리에, 관객들은 전율했다.

"우와아아아아아!!!"

수많은 사람들이 동영상으로만 감상할 수 있어서 수많은 팬들에게 아쉬움을 남겼던 그레미 어워드 때의 그 기타 플레잉.

지금의 알렉스는 그때 그것과 비슷한 연주를, 현장에서, 팬들에게 직접 선보이고 있는 것이었다.

곧 노래가 끝나가고 있었다.

현일만의 독특한 기타 스타일이 가득 담긴 곡이 과연 빌보드에서 얼마나 통할 것인지.

그것을 리얼리티 드래곤즈 멤버들은 너무나도 궁금했다.

이윽고, 연주가 끝나고 그들은 결과를 알 수 있었다.

*　　　　　*　　　　　*

유니버설 뮤직.

"프로듀서님!"

자신을 애타게 부르는 목소리에 현일은 뒤를 돌아보았다.

"맥라렌?"

어디서부터 저리도 허겁지겁 달려온 것인지, 제레미 맥라렌이 허리를 숙여 무릎을 부여잡고 숨을 거칠게 몰아쉬고 있었다.

"무슨 일이에요? 뭐 큰일이라도?"

"아뇨! 큰일은 아니… 아! 네! 그렇죠! 엄청 큰일이죠!"

"뭔데 그래요?"

"최근에 리얼리티 드래곤즈가 유니버셜 돔에서 공연했지 않았습니까?"

"그랬죠."

"마지막에 앵콜곡으로 'Five Pawns'를 연주했는데, 그걸 어떤 사람이 찍어서 유튜브에 올렸거든요."

"그래서 어떻게 됐는데요?"

제레미가 폭탄이 터지는 듯한 제스처를 취하고는 말했다.

"반응이 엄청납니다! 거의 수소폭탄급이라고요!"

그의 스마트폰 화면에 나오는 코멘트를 보니 당장 음반을 사고 싶다는 내용이 거의 대부분이었다.

그러나 현일은 퉁명스럽게 물었다.

"그래서 결과는요?"

제레미는 잠시 멍한 표정이 되었다.

"…네? 무슨 결과요?"

"기대가 되는 건 좋은데, 결국은 판매량이 다 아닙니까."

그렇다.

결과가 다다.

지금은 반응이 좋아도, 차기 앨범은 싱글이 아니다.

수록곡을 모두 고품질로 채워 넣지 않으면, 팬들은 충동구매를 하기 전에 한 번 더 생각해 볼 것이다.

'Five Pawns'는 인터넷 플랫폼에서 MP3 파일로 많이 팔리기야 하겠지만.

지름에 고민 따위를 못하게 만들어야 한다.

제레미가 씨익 입꼬리를 올렸다.

현일은 그가 참 다양한 모습을 보여줄 줄 아는 사람 같다고 생각하며 제레미의 다음 말을 기다렸다.

"물론 그래서 저희 마케팅팀에서 예상 수요를 조사해 봤습니다. 사실 원래 잘 안 하는 건데……."

"왜죠?"

'틀린 적이 많으니까요…….'

이 말은 목 밑으로 삼켰다.

"아무튼, 그게 중요한 게 아니고, 앨범 발매 후 한 달 동안 약 오백만 장은 팔릴 것 같습니다!"

"오… 정말입니까?!"

"네, 정말입니다."

아직은 예상 판매량이라곤 해도, 한 달 만에 오백만 장이라니.

그 절반만 팔아도 이백오십만 장 아닌가.

게다가 그의 첨언에 의하면, 디지털 앨범이나 기타 등등을 포함한 수치가 아니라 단순 실물 음반 판매량만 집계한 것이라고 한다.

현일은 발표 날이 이렇게나 기대되는 것도 참 오랜만이라는 생각이 들었다.

　　　　　*　　　　　　　*　　　　　　　*

[리얼리티 드래곤즈, 정규 앨범 'UAC—2' 발매!]

['UAC—2', 입고되는 족족 팔려나가… '없어서 못 팔아요.' 음반 판매점 행복에 죽어…]

[알렉스 베네딕트는 에릭 클랩튼의 재림인가?!]

요즘, 음악계에는 위와 같은 제목의 기사가 유행이었다.

리얼리티 드래곤즈와 에릭 클랩튼의 스타일이 같은 건 아니지만, 전 세계의 기타리스트에게 있어서 '에릭 클랩튼'이란 이름은 하나의 상징과도 같았다.

뮤지션들이 최고의 명예라고 일컫는 '로큰롤 명예의 전당'

그곳의 유일무이한 3중 헌액자.

기타의 신.

그것들이 바로 에릭 클랩튼이라는 이름이었다.

"아마 에릭 클랩튼의 다음 세대는 알렉스 베네딕트가 아닐까요?"

라는 것이 대중들의 반응이었다.

그리고 리얼리티 드래곤즈의 차기 앨범이 발매가 되고 기다리던 한 달 후.

직원들이 전에 없던 야근까지 하며 판매량을 집계했다.

그리고…….

"프로듀서님!!!"

"맥라렌?"

왜인지 익숙한 기분을 뒤로 하고 제레미에게 다가간 현일.

"저 어디 도망 안 갑니다."

"네… 도망 가지… 허억… 허억… 안 그래도… 그것 때문에… 쿨럭! 쿨럭!"

현일은 가까운 자판기에서 물을 뽑아 제레미에게 건네주었다.

꿀꺽꿀꺽.

"후우… 감사합니다."

"말씀하세요. 급하신 것 같은데."

"네. 일단 요점부터… 지금 집계한 바로는 'UAC—2'의 실물 음반 판매량은 사백팔십만 장입니다."

"근소하네요. 이십만 장 차이는 아깝지만."

그러자 제레미가 씨익 웃었다.

"아뇨. 한 달 동안 판매량이 아니고요."

"……?"

"첫 주 판매량이요."

"푸흡!"

하마터면 제레미에게 머금고 있던 콜라를 뿜을 뻔했다.

제레미가 살짝 물러서서 회피하고는 말을 이었다.

"이건 역대급 기록이에요! 혹시 'N Sync'라는 그룹 아세요?"

한국인에게도 익숙한 가수인 저스틴 팀버레이크가 소속되어 있는 보이 그룹이었다.

또한 한국의 댄스곡 작곡가들에게도 많은 영향을 준 댄스 그룹이기도 했다.

'N Sync'의 가장 유명한 곡을 꼽자면.

"Bye Bye Bye?"

"네! 그 곡이 수록되어 있는 'No Strings Attached' 앨범이 첫 주 판매량 일위를 차지하고 있었는데, 이제 그 기록이 깨진 거라고요! 십 년이 넘도록 깨지지 않던 그 기록이! 그것도 두 배가 넘는 판매량으로!"

"뭐라고요? 정말입니까?!"

"네! 실화입니다!"

이전과는 비교도 안 될 정도로 바쁜 나날이 눈에 훤했다.

제레미의 말에 의하면, 첫 주 이후로도 대단한 성적을 냈다는 모양이었다.

2주째엔 판매량이 휘청하는 것 같았으나, 그것도 잠시.

'UAC—2' 앨범의 퀄리티와 이미 산 사람들의 반응을 보고, 살까 말까 간을 보고 있던 사람들이 3주차에 구매 경쟁에 뛰어들면서 다시 판매량이 미친 듯이 솟아오른 것이다.

현일이 기대감에 물었다.

"그래서 한 달 총판매량은요?"

"천만 장이 넘었습니다!"

"……."

현일은 말문이 막혔다.

천만 장.

'한 달 만에 천만 장이라니…….'

이게 꿈인지 생시인지 분간이 되질 않았다.

전생 시절, 블랙 베일 걸스의 플래티넘 히트?

가져가라고 해라.

그런 기억 따윈 이 순간 잊혀 버렸다.

"…실화입니까?"

"네, 실화입니다."

제레미가 대답과 동시에 고개를 묵직하게 한 번 끄덕였다.

그리곤 말을 이었다.

"그 외에 첫 주 판매량 말고도 많은 기록이 깨졌습니다. 최단 기간 정규 앨범 백만 장 돌파부터, 락 부문 최단 기간 빌보드 차트 1위 갱신……."

그는 미리 수첩에 적어놓은 각종 기록들을 줄줄이 읊어댔다.

마지막 몇 분 동안은 이미 음반 구매 예약이 기본 몇 주 단위로 밀려 있어 레코드 공장을 풀가동하고 있다든지 같은, 아무래도 좋을 잡다한 얘기들이었다.

좋은 의미에서 말이다.

"아, 참. 더 중요한 게 있는데……."

제레미가 말끝을 흐렸다.

무언가 하고 싶은 말이 있는 눈치.

"말씀하세요."

"저희랑 하나 더 같이하지 않으시겠습니까? 굳이 리얼리티 드래곤즈 말고도 저희 회사엔 유명한 아티스트들이……."

"말씀은 고맙지만, 그건 좀 곤란한데요."

"어째선가요?"

제레미는 설마 현일이 거절할 줄은 몰랐다는 표정이었다.

"좀 있으면 크리스 로버트 감독의 영화가 프리프로덕션에 들어가거든요."

"아! 영화 OST를 또 하시는 거군요. 그럼 그거 끝내시고 저희
랑……."

"그다음엔 또 해야 되는 게 있어서 어려울 것 같습니다."

"그렇군요……."

제레미는 세 번 잡지는 않았다.

"그래도 생각이 바뀌면 언제든지 돌아오세요. 몇 년이고 기다
리겠습니다."

"네."

이제 리얼리티 드래곤즈의 앨범 프로듀싱도 끝났고, 더는 유
니버설 뮤직에 남아 있을 이유가 없다.

"그나저나 'UAC—2'의 한국 내 음원 판매는 저희 쪽으로 주시
는 거 맞죠?"

"네, GCM 뮤직에만 독점적으로 들어갈 겁니다. 약속은 지켜
야죠. 아, 이벤트도 빵빵하게 해주시는 거 잊지 마시고요. 하하
하."

"물론입니다."

*   *   *

리얼리티 드래곤즈의 인터뷰 자리.

찰칵! 찰칵! 하는 카메라의 셔터음과 플래시가 쉴 새 없이 여
기저기서 터졌다.

"알렉스 씨! 그렇게 기타 실력이 일취월장한 비결이 뭡니까!"

"알렉스 씨! 'UAC—2'의 기타 파트는 직접 작곡하신 겁니까?!"

"천만 장이나 팔아치우셨는데, 기분이 어떻습니까?!"

"세계 신기록을 세우셨다는 게 실화입니까?!"

"소감 한 말씀 부탁드립니다!"

"미스터 베네딕트! 저한테도 기타 좀 가르쳐 주실……."

"뭐야? 누가 일반인 들어오게 한 거야?!"

"저도 기자거든요? 기타를 좋아하는."

"그럼 기자답게 기사를 써야지 그런 거나 물어보고 말이야! 알렉스가 당신 친구야?! 어?! 꽉 씨!"

"그쪽이 뭔 상관이신지? 이름도 못 들어본 듣보잡 언론사 주제에."

"뭐, 뭣이?!"

기자들의 말이 엉켜서 뭐라고 말하는지 알아듣기도 힘들다.

'인터뷰는 이래서 피곤해.'

알렉스는 더 소란스러워지기 전에 한 손을 들며 입을 열었다.

"여러분."

장내가 순식간에 조용해졌다.

"일단 기타 파트는 제가 작곡한 게 아닙니다."

찰칵! 찰칵! 찰칵!

"그게 사실입……!"

재차 소란스러워진다.

"주목!"

"……."

"요즘 에릭 클랩튼의 뒤를 이어 받을 기타리스트니 뭐니 하는 과분한 칭찬을 듣고 있습니다만, 그렇지 않습니다. 저보다 훨씬 뛰어나고 천재적인 기타리스트가 있습니다. 전 그저 그분이 치는 기타를 흉내 낸 것에 불과합니다."

어떤 기자 한 명이 잽싸게 손을 번쩍 들고 물었다.

"그렇다면 그분이 기타 파트를 지도해 주신 거란 말씀이신가요?"

"네, 그렇습니다. 비단 기타뿐만이 아니라, 이번 'UAC—2'앨범을 총괄적으로 프로듀싱해 주셨습니다."

그러자 기자들은 이 때다 하고 일제히 질문을 던졌다.

"그 사람의 정체가 뭡니까?!"

"혹시 현재 밴드 활동을 하고 있는 사람입니까?!"

"그분에 대해서 조금만 가르쳐주시죠!"

"기타의 천재를 가르치는 초천재라… 대박 특종감이군!"

"이렇게만 딱 말씀드리겠습니다."

좌중은 알렉스의 말을 단 한 자도 놓치지 않겠다는 듯 수첩과 펜을 쥔 손에 잔뜩 힘을 주면서 이어질 그의 말을 기다렸다.

"그는 이 세상에 다시없을 기타의 신이라는 것. 또한, 훗날 세계적으로 명성을 떨칠 작곡가라는 것."

"음악계 역사에 길이 남을 정도로 말입니까?"

방금 전, 그 사람이 기타를 지도해 준 것이냐고 물어봤던 그 기자였다.

알렉스는 한 치의 머뭇거림도 없이 고개를 끄덕였다.

"예."

*　　　　　*　　　　　*

부우우웅.

온종일 울려대는 전화기.

대부분이 모르는 번호였다.

차라리 전화번호를 바꿔야 되나 진지하게 고민해 볼 정도였다.

'오늘 있던 인터뷰 때문인 것 같은데.'

아마 기자들이나 음악계 관련자들에게서 온 전화일 것이다.

호텔로 들어가면 한번 봐야겠다고 생각하며 액정 속 빨간 아이콘을 터치했다.

혹시 유니버설 뮤직급의 거대 레이블에서 온 전화는 아닐까.

잠시 그런 생각이 들었지만, 이내 미련을 접었다.

어차피 지금은 그들과 일을 할 여유가 안 되니까.

'정 나를 필요로 한다면 어떻게든 접촉할 방법을 강구하겠지.'

텀이 길어질수록 몸값이 올라가는 건 덤이고 말이다.

방 안으로 들어선 현일은 룸서비스를 시켜 간단하게 배를 채우고 샤워를 한 뒤, 침대에 누워 리얼리티 드래곤즈의 인터뷰를 들어보았다.

'내 낯이 다 뜨거워지네.'

그래도 기분은 좋았다.

'역사에 길이 남을 뮤지션이라······.'

베토벤이나 모차르트가 지금 살아 있다면 어떤 기분일까.

수백 년이 지나도록 자신의 음악이 연주되고, 이 세상에 자신의 이름을 모르는 사람이 없다는 것.

알렉스의 말이 과연 농담인지 진심인지 현일은 모르지만, 상상하는 것만으로도 기분은 꽤 좋았다.

'그땐 아마 음대 전공 서적의 챕터 하나를 나로 다 채워놓겠지? 아니면 GCM 엔터테인먼트가 초기업이 돼서 음악 제국을 건국하든지… 하하하.'

그런 상상을 하며 스르륵 눈을 감으니 잠이 잘 왔다.

다음 날.

오랜만에 늦게까지 잠을 잔 현일.

'UAC—2'의 모든 작업이 끝난 지 얼마 되지 않은 만큼, 아직은 여유가 있었다.

계약직이니까.

'제레미잖아.'

눈을 뜨자마자 시간을 확인하기 위해 스마트폰을 켜니 제레미에게서 부재중 전화가 와 있었다.

전화를 걸자마자 신호음이 울릴 틈도 없이 제레미가 전화를 받았다.

─작곡가님!

"네. 전화하셨네요?"

─다름이 아니라, 어제 유니버설 뮤직 대표님께서 작곡가님께 전화를 드렸었는데… 연락이 안 된 모양이더라고요.

"그래요? 몰랐네요. 언제요?"

─오후 열 시쯤이었을 겁니다.

"그렇군요··· 하도 모르는 번호로 전화가 와대서 말입니다."

─아··· 이해합니다. 그럼 제가··· 아니다. 혹시 괜찮으시면 유니버셜 뮤직으로 와주시겠습니까? 대표님께서 뵙고 싶어 하십니다.

'대표가 날?'

어떤 얘기를 하려는 지는 대충 짐작되긴 했다.

그래도 미국 메이저 레이블의 대표와 면담할 수 있는 기회를 차버릴 수도 없는 일.

"네. 그러죠 뭐. 언제가면 될까요?"

                    *   *   *

유니버셜 뮤직.

사옥에 도착하니, 기다리고 있던 제레미가 밝은 낯으로 다가와 말했다.

"잘 오셨습니다. 대표님께서 극진히 모시라더군요, 하하하!"

"하하하."

썩 괜찮은 기분이었다.

"자, 가시죠."

제레미의 안내를 받으며 말없이 복도를 걸었다.

"······!"

그러다 막 사무실에서 나온 제인 레미라즈와 눈이 마주쳤다.

그녀는 급히 시선을 피했지만, 화들짝 놀라는 기색이 역력했다.

"왜 그러시죠······?"

"아……! 아무것도 아니에요!"

"그럼 수고하세요."

제인은 현일이 지나가자 한숨을 쉬었다.

'왜 아직도 있는 거야!'

조만간 나갈 거라는 소식을 들었는데 말이다.

물론 현일 덕분에 앨범 디렉터로서의 실적은 두둑하게 올렸지만, 그건 자신이 스스로 해낸 것이 아니었다.

물론 할 수 있는 건 다 발로 뛰어다녔지만, 사실상 안 했어도 그만이라고 봐도 좋았다.

그래서 분했다.

'확 이직해 버려?'

얼마 전에 헤드 헌터가 찾아와 유니버설 뮤직과 비슷한 급의 메이저 레이블인 위너 뮤직으로 이직을 하지 않겠느냐는 제안을 해왔었다.

같은 직책에 좀 더 좋은 조건으로.

그리고 이곳보단 조금 떨어지는 곳이지만, 어떤 회사에서는 지금보다 높은 직책에 앉혀주겠다는 제안도 받았다.

하지만 끌리지 않았다.

무언가 혁신의 아이콘이 될 만한 그런 곳에서 일을 하고 싶었다.

'그런 회사 어디 없나……?'

*　　　　*　　　　*

—어제 서정현 디지털 싱글 발표했음. 대단히 성공적. 작사가가 누군지 알
면 깜짝 놀랄 걸? ㅋㅋㅋㅋ

—외주 맡긴다고 하지 않았나? 누군데요?

—궁금해? 궁금하면 오백 억~

—참내. 인터넷에 쳐보면 되지.

—예명이거든? ^^

'누구 대단한 원로 작사가라도 고용했나? 좀 이따 들어봐야
지.'

안시혁과의 연락으로, 현일은 자신이 없어도 회사가 잘 돌아
가고 있다는 걸 확인할 수 있었다.

여하튼 현일과 제레미는 여느 사무실과는 눈에 띄게 다른 문
으로 돼 있는 곳에 도착했다.

"여깁니다."

"감사합니다."

"그럼 저는 이만."

"네, 수고하세요."

현일은 기대 반 긴장 반으로 문고리를 잡았다.

'여기가 미국… 아니, 세계 최고의 레이블 대표가 있는
곳……'

집무실의 문을 열자 고급스런 안경을 쓴 중년의 사내가 서류
더미를 휙휙 넘기면서 도장을 찍어대고 있었다.

'저 사람이 바로……'

이내 그가 고개를 들었다.

"아, 오셨구만. 반갑소, 내가 제퍼슨 레닝턴이요."

"최현일입니다."

"미리 찾아가지 못해 미안하군요. 내가 여간 바쁜 게 아닌 터라 말입니다."

"이해합니다."

"그래, 얘기는 들었습니다. 크리스 로버트와 작업을 한다지?"

"그렇게 됐네요."

제퍼슨 레닝턴은 쯧 혀를 찼다.

"그자도 괜찮은 양반이지만, 이왕 영화를 할 바엔 유니버설 스튜디오랑 같이했으면 더 좋았을 것을… 미스터 최를 진즉에 찾아뵀어야 했는데. 하하하. 고용주로서 면목이 없구만."

아쉬운 말투였지만, 이내 웃음과 함께 미련을 털어버린 것 같았다.

하기야 자신이 없어도 제퍼슨 레닝턴이 먹고 사는 덴 아무런 지장이 없으니.

그렇게 생각했는데…….

"여기서 나와 같이 일해보지 않겠습니까?"

'역시.'

예상했던 질문이었다.

한데, 그의 이어진 말은 충격적이었다.

"부사장의 자리를 드리겠습니다. 또한 프로듀싱은 하고 싶을 때만 하셔도 됩니다. GCM 엔터에서 손을 뗄 필요도 없습니다. 오히려 원한다면 GCM 엔터가 미국에 진출할 수 있도록 도와줄 수도 있습니다."

"예……?"

"유니버설 스튜디오, 유니버설 뮤직, CBN 방송국. 어디든지 말만 하세요. 하고 싶은 음악이 있다면 다 하게 해드릴 테니."

당황한 표정을 짓고 있는 현일과는 대조적으로, 제퍼슨 레닝턴은 아무렇지도 않게 말을 이었다.

"아, 참. 연봉은 이백 억이요. 지분도 이 퍼센트 드릴 거고."

제퍼슨은 커피를 홀짝이곤 재차 말했다.

"부족하면 더 드리지."

Chapter 10
Shock Wave I

현일은 생각지도 못한 어마어마한 제안에 할 말을 잃을 뻔했다.

"어… 음… 협력 업체 같은 형태로 말입니까?"

"그런 것도 괜찮겠죠."

'이 자리에서 덥석 계약할 문제는 아니군.'

일단은 얼버무리기로 결정했다.

"이건 저 혼자 결정할 사안이 아닙니다."

"그렇겠지. 알아보니 미스터 최가 몸담고 있는 회사는 공동대표가 있더군요."

"네."

"충분히 상의해 보십쇼. 당장 결정하라는 것도 아니니까요. 시간은 충분히 있습니다."

그 뒤로 둘은 이런저런 얘기를 하다가 각자의 일을 보러 갔다.

'한 사장이랑 얘기해 볼까?'

과연 리얼리티 드래곤즈가 세운 기록이 그 정도까지의 가치가 있는 것일까?

어쩌면 제퍼슨 레닝턴은 현일의 가능성을 본 것일지도 모른다.

'유니버설 뮤직과 GCM 엔터가 협력 업체가 된다라.'

제퍼슨은 미국에 정착할 수 있도록 적당히 도와주면서 유니버설 뮤직이 미국의 3대 레이블에서 원탑 레이블로 거듭날 기회를 꿈꾸고 있는 건 아닐까.

그런 생각이 들었다.

* * *

―흐음… 그런 일이……

"한 사장님의 의견이 듣고 싶습니다."

잠시 동안 둘은 아무 말도 않고 있었다.

너무 중대한 사안인지라 한준석도 깊게 고민하는 기색이었다.

몇 분이나 이어진 침묵을 깨고 그가 말했다.

―솔직히 저도 잘 모르겠습니다. 너무 예측 불허한 사안이군요.

"음……"

―전 그냥 이렇게 말씀드리고 싶습니다.

"어떤…?"

―작곡가님이 하고 싶은 대로 하십쇼. 그게 작곡가님의 스타일 아니었습니까?

"그렇죠. 하하하."

―작곡가님께서 무슨 선택을 하시든지 저는 찬성하겠습니다. 행운을 빌게요.

"감사합니다."

통화는 이것으로 끝이었다.

'또 보는군.'

다시 복도를 걷다가 제인과 마주쳤다.

"힘들다고요?"

마주쳤다기 보단 누군가와 통화를 하고 있는 그녀의 뒷모습을 발견한 거지만.

"어째서요? 저번엔 임원직까지 주겠다더니! 아니, 뭐라고요? …하아."

한숨을 쉰 그녀는 전화를 거칠게 주머니 속으로 찔러 넣었다.

"참나… 처음엔 뭐든 해줄 것처럼 말하더니. 어이가 없어가지고……."

뭐라 궁시렁거리던 그녀는 이내 현일을 발견하고 동공을 확장시켰다.

그녀는 현일을 무척 어려워했다.

분명 저렇게 하면 안 되는데.

자신은 그렇게 생각했지만, 현일은 그런 그녀의 예상을 깨고 보란 듯이 'UAC―2'를 대성공시켰으니까.

마치 지금까지 믿어온 신념을 무참히 깨부수는 것처럼 말이다.

현일은 별로 대수롭지 않게 생각했지만, 적어도 그녀에겐 그랬다.

"……!"

현일은 '크흠' 헛기침을 하고 제인에게 말을 걸었다.

"레미라즈 씨."

"왜, 왜요?!"

"엿들으려고 한 건 아닌데, 어쩌다 보니 통화하시는 걸 들었거든요."

"그런데요?"

현일은 지갑에서 명함을 꺼냈다.

"아직은 유니버설 뮤직과 견줄 만한 회사는 아니지만, GCM 엔터가 전도유망한 회사라는 건 자신 있게 말씀드릴 수 있습니다."

"……?"

그녀는 얼떨결에 받아든 명함과 현일의 얼굴을 번갈아 쳐다보았다.

"관심 있으면 연락주세요."

"……."

그녀는 떠나는 현일의 뒷모습을 멍하니 바라보았다.

"뭐지……?"

*　　　　*　　　　*

뉴욕 어딘가의 락 클럽.

향긋한 양주 냄새가 물씬 풍기는 뉴욕 락 타운 펍.

현일이 이곳에 온 건 단순한 변덕이고, 기분 전환이었다.

사실 비싼 양주보단 간단하게 맥주를 마시며 펍 안에 마련된 무대에서 공연하는 인디밴드의 음악을 즐기는 이들이 대부분이었다.

'이런 데도 참 오랜만이네.'

이제 한국에서 이런 곳은 아예 없다시피 하니 말이다.

"이보게, 아시아인 양반."

"예?"

현일은 자신을 부르는 것 같은 묵직한 목소리에 뒤를 돌아보았다.

덩치 큰 백인이었다.

빡빡 민머리가 반짝거린다.

"혼자 오셨나?"

"예."

"동지로구만. 같이 맥주 한잔하지 않겠나?"

왜 하고 많은 사람들 중에서 하필 자신일까.

'혹시 날 아나?'

그렇다고 하기엔 말하는 투가 좀 애매했다.

그냥 단순한 변덕 같은 느낌.

의문에 대한 해답은 그가 스스로 말해주었다.

"누굴 기다리고 있는데 지겨워서 말이야. 게다가 이런 데서 아시아인은 보기가 힘들지. 흑인들은 조금 있지만."

"락은 백인들의 음악이란 인식이 강하니까."

"그러게 말이야. 사실 그렇지도 않은데."

그가 바텐더에게 맥주 1,000cc를 주문하곤 말했다.

"소개가 늦었군. 난 카일 도슨. 기타리스트고, 애석하게도 아직 밴드는 없어. 하하하!"

시원털털한 성격인 듯하다.

"락 밴드가 꿈인 건가?"

"꿈? 뭐, 그렇지. 아직은 말이야. 아직은. 최근에 꽤 괜찮은 아시아인을 한 명 알게 돼서 말이야. 곧 빛을 볼 거라고."

"그렇군. 축하한다. 카일."

"하하하! 맘에 들었어! 나중에 유명해지면 내 특별히 사인이라도 한 장 해주지. 그나저나 자네는? 밴드를 하고 있나?"

"밴드를 하고 있다기 보단… 기획이나 프로듀싱 쪽에 가깝지."

"기획? 내가 만났던 그 아시아인도 기획 일을 했다는데… 자네 혹시 어느 나라 사람인가?"

"한국."

카일 도슨은 맥주잔을 들고 입으로 가져가던 손을 멈추었다.

"한국? 그 친구도 한국인인데, 혹시 아는 사람인가?"

"글쎄? 알 수도 있고 모를 수도 있지."

"이름이……"

카일 도슨의 목소리는 무대 진행자의 마이크 음량에 묻혔다.

"네! 공연 잘 봤……"

"으윽! 귀야!"

"시끄러워, 임마!"

펍 안의 모든 인원이 일제히 무대를 돌아보았다.

"어이쿠 죄송합니다. 하하하. 엔지니어가 잠깐 실수를 한 모양입니다. 다니엘. 또 이런 식이면 이번 달 월급은 위험해."

"푸하하하하!"

"아무튼, 다음 무대는 결성된 지 얼마 안 된 따끈따끈한 병아리 밴드의 공연입니다! 밴드명은 'Black Note'네요. 최근 모르는 사람이 없는 'Five Pawns'의 커버 공연이라는데… 어… 음… 기대가 됩니다."

"오오~"

감탄사를 내뱉는 청중들관 달리 카일은 '쯧'하고 혀를 찼다.

"요즘 개나소나 'Five Pawns'커버에 도전하는 인간들이 많은데, 내가 여기서도 몇 번이나 봤지만 제대로 칠 줄 아는 놈이 단 하나도 없더군."

현일 또한 동의하는 바였다.

어떤 노래든 유튜브에 커버 영상이 올라오게 마련이었다.

그러나 'Five Pawns'는 발표된 지 시일이 제법 지났음에도 불구하고, 기타 커버 영상은 여전히 단 한 건도 올라오지 않았다.

'그럴 만도 하지.'

'Five Pawns'의 기타 파트는 'UAC—2'앨범 수록곡 중에서도 최고 난이도를 자랑하니까.

현일이 맥주를 홀짝이고는 물었다.

"그래? 넌?"

카일이 눈썹을 찡긋거렸다.

"나? 그걸 말이라고 하나? 그 알렉스 베네딕트조차 그 곡을 연주하면 힘들어하는 게 눈에 보이는데. 그건 인간이 연주할 수 있는 곡이 아냐."

"그 정도인가?"

현일이 피식 웃었다.

자꾸만 어깨가 으쓱거리려는 것을 가까스로 참았다.

"그 정도? 자네가 기타를 안 만져봐서 그런 소리가 나오는 거야. 저것 좀 보라고."

그의 엄지가 가리키고 있는 곳엔 계속해서 실수를 연발하고 있는 블랙 노트의 기타리스트가 있었다.

"우-우-우~! 못 들어주겠구만!"

"그따구로 할 거면 내려가 자식들아!"

"이봐, 진행자! 내가 이래서 병아리들은 올려놓지 말라고 했어 안 했어? 어?! 팍씨!"

"더 이상 명곡을 망치지 마라! 리얼리티 드래곤즈한테 미안하지도 않냐!"

카일은 고개를 저었다.

"쯧쯧쯧……. 여기에서 거의 살다시피 하는 인간들이 좀 있어. 나쁜 녀석들은 아닌데, 평가는 상당히 잔혹하지. 오늘 또 하나의 병아리 밴드가 꿈을 접겠구만. 쯧쯧쯧."

"그렇게 어렵나?"

순수한 궁금증에서 우러나온 질문이었다.

천재와 범재는 서로를 이해하지 못하는 법이니까.

"참나. 그리도 궁금하면 자네가 직접 쳐보시든지. 뭣하면 나한테 기타나 배워보든가. 자네는 특별히 싸게 해주지."

"쳐봐도 되나?"

카일이 다시 엄지로 무대를 가리켰다.

"저기서?"

"저기서."

"안 될 게 뭐야. 내가 여기 업주랑 친한데 얘기해 줘?"

"음."

현일은 고개를 끄덕였다.

그러자 카일이 헛웃음을 내뱉었다.

"…하……. 진심으로?"

"그래. 한번 해보지 뭐."

"…잠깐 기다려 봐. 전해주지. 날 원망하진 말고, 한 번 개망신 당해보고 나한테 기타나 배우러 와 하하하!"

현일은 피식 웃으며 무대 쪽으로 향했다.

마침 블랙 노트의 무대가 끝난 직후였다.

"아… 뭐, 잘 들었습니다. 실수 좀 하면 어떻습니까? 원래 다 그러면서 성장하는 겁니다. 그럼 다음 무대는 잠시 쉬었다가… 예?"

진행자가 이어폰을 눌렀다.

"예. 아, 예. 알겠습니다. 브레이크 타임 특별 공연입니다! 곡은 어… 'Five Pawns'의 커버라고 하는데요……."

진행자가 진짜냐고 연신 이어폰에 대고 물어댔다.

"뭐야?! 또냐!"

"우·우·우·우!"

"그냥 확 쫓아내버려!"

"크흠. 다음 무대는 조금 독특하네요. 밴드가 아니라 기타 솔로 커버라고 합니다. 세션맨이 필요하겠네요."

"미쳤냐!"

"만약 완주하면 내가 여기 전원한테 맥주 한 잔씩 돌린다!"

"네, 그 약속 잊지 않겠습니다. 아무튼 다음 공연자 올라와 주세요. 이 용감한 기타리스트에게 박수를 줍시다!"

박수는커녕 야유만 날아왔다.

세션맨의 드럼 소리가 시작을 알렸다.

야유를 던지던 구경꾼들도 내심 기대가 되긴 하는지, 음악이 시작되자 다들 숨죽인 채 경청하고 있었다.

"아까 그놈보단 낫네."

"그러게. 꽤 하는데?"

"그래봤자지. 후렴구 들어가면 바로 GG 친다에 한 표."

"저걸 완주하면 내 손에 장을 지진다."

그러나 현일의 기타 실력은 그런 그들의 예상을 깨기에 충분했다.

이윽고 들어서는 후렴구.

"뭐, 뭐야……?"

"말도 안 돼!"

무표정한 얼굴로 완벽하게 'Five Pawns'를 연주하는 현일의 기가 막힌 솜씨.

심지어 즉흥적으로 만들어내는 애드리브는 곡의 분위기를 한층 더 끌어올려주었다.

"우, 우와아아아아아!!!"

"끝내준다 이 자식아!"

그에 관객들의 동공엔 지진이 일어났으며 입은 쩍 하고 벌어졌다.

"미… 미친."

누구보다 놀란 것은 다름 아닌 카일 도슨이었다.

쨍그랑!

들고 있던 맥주잔을 떨어뜨린 것도 모를 정도로 말이다.

"저건 인간이 아냐……!"

저런 마스터 기타리스트에게 기타를 배우라고 했던 방금 전의 자신이 부끄러워졌다.

뺨을 때리고 싶었다.

약 3분 남짓한 시간이 지나고 장내에 인원들은 한마음 한뜻으로 외쳤다.

"One more time! one more time! one more time! one……."

카일도 이곳의 물을 먹은 지 몇 년째 돼가지만, 단언컨대 저 죽돌이들이 저렇게 뜨거운 반응을 보이는 건 처음이었다.

그가 무대를 향해 뭐라고 하려던 순간, 옆에서 누군가가 그의 등을 두드렸다.

"카일. 나야."

"아, 오셨군요."

"뭔가 되게 소란스러운데? 원래 여기가 이런 분위기였던가?"

"엄청나게 훌륭한 무대가 있었거든요. 천재 기타리스트의 출현해서요."

"뭐?! 그런 사람이 있으면 진즉 말을 하지 그랬나! 그 사람은 어디 있어?!"

그가 무대를 가리켰다.

"지금 서 있네요. 그나저나 저 계약에 대해서 말인데……."

"계약은 무슨 계약! 너 같은 삼류 기타리스트 따윈 필요 없어!"

"뭐, 뭐라고?!"

현일이 마이크를 잡았다.

"아, 아. mic test. one, two, three. 거기 계신 분."

"어, 어? 나?"

"네, 당신이요. 아까 맥주 돌린다고 하셨죠? 어서 실행하십쇼."

"에라이, 젠장."

"으하하하하! 오늘은 운수가 대통이구만! 이런 두 번 다시없을 연주도 감상하고, 공짜 술도 먹고 말이야!"

그러던 중, 현일의 눈에 허둥지둥 이쪽으로 달려오는 사람이 들어왔다.

'얼굴이 낯이 익은데?'

이내 상대와 현일의 눈이 마주쳤다.

그런데 그의 반응이 심상치 않았다.

"허억……!"

안색이 새파래지며 헛바람을 집어삼키는 그.

'뭐야 저 사람? …아!'

현일은 곧 그의 정체를 깨달았다.

『작곡가 최현일』 8권에 계속…

GAME BALL

게임볼 설경구 장편소설
FUSION FANTASTIC STORY

무명의 야구인이었던 남자,
우진이 펼치는 야구 감독으로서의 화려한 일대기!

『게임볼』

"이 멤버로 우승을 시키라고?"

가상 야구 게임,
게임볼을 통해 인생 역전을 꿈꾸는

한 남자의 뜨거운 행보에 주목하라!

Book Publishing CHUNGEORAM